Groene schijn

Copyright © 2018 Colleen Cross, Colleen Tompkins

Vertaling: Jen Minkman

Uitgever: Slice Publishing

ISBN 978-1988272-98-6

❀ Created with Vellum

GROENE SCHIJN

JURIDISCHE THRILLER

COLLEEN CROSS

Vertaling
JEN MINKMAN

SLICE PUBLISHING

GROENE SCHIJN

Lawinegevaar is niet het enige dat levens bedreigt in de bergen...

Fraudeonderzoeker Katerina Carter en haar vriend Jace gaan een gezellig weekendje weg naar een huisje in de bergen. De dagen voor kerst zijn immers nog veel romantischer in de juiste omgeving. Bovendien heeft Jace een klus: overdag werkt hij aan de biografie voor een stinkendrijke milieugoeroe terwijl Kat gaat wandelen in de besneeuwde bergen.

Maar dan overlijden er twee milieuactivisten uit de buurt onder verdachte omstandigheden. Kat en Jace moeten de waarheid achterhalen voor er nog meer ongelukken gebeuren. Want de bergen kennen geen genade... en de moordenaar net zomin.

In de eenzame Rocky Mountains passen mensen normaal goed op elkaar, maar een koelbloedige moordenaar denkt daar anders over. En hij komt steeds dichterbij. Iemand wil duidelijk niet dat de waarheid aan het licht komt en doet er alles aan om Kat te dwarsbomen.

Als je van spanning, mysterie en een winterse sfeer houdt, mag je Groene Schijn niet missen!

OOK VAN COLLEEN CROSS

De Heksen van Westwick
Jong Gehekst is oud Gedaan
Een goede spreuk is het halve werk

Katerina Carter juridische thrillers
Nooduitgang
Met gelijke munt
Engel des doods
Groene schijn
In het rood
Blauwe Maandag

Wil je op de hoogte gehouden worden van Colleens nieuwste boeken,
schrijf je dan in voor haar nieuwsbrief!
http://eepurl.com/cojsL

www.colleencross.com

1

Katerina Carter keek naar haar vriend, Jace Burton. Hij zat met gebogen hoofd en streek afwezig met zijn hand door zijn zwarte krulhaar, helemaal verdiept in zijn aantekeningen.

Dennis Batchelor had zijn privévliegtuig naar Vancouver gestuurd om hen op te halen. De milieuactivist en miljardair had journalist Jace Burton persoonlijk uitgezocht om zijn biografie te schrijven. Hij had erop gestaan dat ze elkaar zouden ontmoeten in zijn afgelegen landhuis in het Selkirkgebergte in het zuidoosten van Brits Columbia.

Kat noch Jace hadden ooit eerder in een privévliegtuig gevlogen. Kat keek haar ogen uit toen de tweemotorige Cessna hoogte won en het door glas en beton gedomineerde stadslandschap van Vancouver achter zich liet. Jace daarentegen was zich totaal niet bewust van zijn luxe omgeving. Ze waren de enige passagiers aan boord.

Het ruime interieur van het vliegtuig was weelderig vergeleken met dat van een toestel uit de burgerluchtvaart. Kat strekte haar benen en was aangenaam verrast dat ze geen last had van de stoel voor zich – die was er namelijk niet. Het pluche meubilair had meer weg van de inrichting van het kantoor van een directeur van een of ander groot bedrijf of een woonkamer dan van een gemiddeld vliegtuig. In de cabine bevonden zich onder meer een rechthoekige eikenhouten tafel en stoelen, zoals je die kon aantreffen in een directiekamer. Kat en Jace zaten in twee van de zes leren leunstoelen met een tafeltje tussen hen in. Het was heel wat beter dan vliegen in de economyclass.

Kat verheugde zich op hun weekendavontuur. Ze had een bedrijf dat zich toelegde op forensisch fraudeonderzoek en had net een grote zaak afgesloten. Met de kersttijd in aantocht was het redelijk rustig. Er waren wel een paar kleine lopende zaken, maar geen urgente. Ze waren al een beetje aan het afbouwen met het oog op de komende vakantie. Oom Harry hield de zaken in de gaten op het kantoor. Officieel was hij met pensioen, maar hij was zo vaak aanwezig op het kantoor dat hij de status had gekregen van assistent in haar eenvrouwsonderzoeksbedrijfje. Oom Harry beschikte niet echt over administratieve vaardigheden, maar vormde wel goed gezelschap. En zijn aanwezigheid op het kantoor betekende ook dat ze überhaupt dit weekend met Jace mee kon gaan.

Er viel niet veel voor oom Harry te doen op een vrijdag in december, afgezien van het beantwoorden van een paar telefoontjes en het aannemen van postpakketjes chocolade en snoep van zakenrelaties en dankbare voormalige cliënten. Ze kon absoluut geen weerstand bieden aan dergelijke zoetigheden en was daarom blij dat ze dit weekend in ieder geval niet in de verleiding zou worden gebracht. Oom Harry mocht daar lekker van snoepen, wat haar betreft.

Ze had heel veel zin in haar minivakantie in de bergen. Nu de kerst nog maar twee weken ver weg was, kwam ze langzamerhand in de daarbij horende feeststemming.

Over minder dan twee uur zouden ze te gast zijn bij Batchelor in zijn winterlandhuis bovenop een berg. De tijd van het jaar in combinatie met de afgelegenheid van het landhuis in de bergen zorgde ervoor dat je er eigenlijk alleen maar kon komen door te vliegen. Zij mocht mee met het vliegtuig en kreeg er een leuk weekendje bij cadeau.

De streek had een interessante geschiedenis en ze keek ernaar uit daar rond te kijken. Ze zouden aankomen in Sinclair Junction, de enige redelijk grote stad in de buurt van Batchelors landhuis. De stad was gesticht nadat er in de buurt goud was ontdekt en maakte een bloeitijd mee toen de spoorwegen naar het westen werden uitgebreid. Toen volgde er een eeuw van achteruitgang, totdat de stad in het recente verleden nieuw leven was ingeblazen als de inofficiële Canadese hoofdstad van de marihuanateelt. Voor een miljardair als Batchelor was het een merkwaardige locatie om een huis te laten bouwen.

Maar misschien was het niet zo vreemd als het leek. Het waren tenslotte zijn groene principes waarop de milieuactivist en grondlegger van Earthstream Technologies zijn fortuin had gebouwd.

Al deze informatie hadden ze niet echt op hun netvlies gehad totdat Batchelor totaal onverwacht Jace opbelde met het verzoek zijn biografie te schrijven. Het was een verzoek dat Jace niet kon weigeren. Niet alleen vanwege het bedrag van zes cijfers dat hij zou krijgen, maar ook vanwege de aandacht die hij zou krijgen als Batchelors biograaf.

Het schrijven van een biografie was heel iets anders dan Jace' freelance werk als journalist bij *The Sentinel.* Maar het bleef schrijven, en een ander soort teksten schrijven was gunstig voor hem gezien de achteruitgang in de wereld van de kranten. Het schrijven van de biografie van een miljardair verdiende goed en het zou Jace kunnen helpen om zijn schrijftalent te gebruiken om nieuwe wegen in te slaan.

Ze waren nog maar twintig minuten geleden uit Vancouver vertrokken en nu al hadden ze het berggebied aan de kust achter zich gelaten. De lucht was helder en beneden hen strekte zich een enorm bosgebied uit, af en toe onderbroken door blauwe meren, die fonkelden als juwelen in het winterse zonlicht. Voor hen zagen ze de met sneeuw bedekte toppen opdoemen van het Selkirkgebergte en het Purcellgebergte en nog verder die van de Rocky Mountains. Als ze eenmaal geland waren in Sinclair Junction, zouden ze worden opgehaald door een chauffeur die hen de bergen mee in zou neme naar het landhuis van Dennis Batchelor.

De milieugoeroe had zijn activisme ingezet om een miljardenbedrijf op te bouwen. Hij gaf zijn geld uit aan de zaken waar hij voor streed door middel van advieswerk, het opzetten van bedrijfjes op het gebied van zonne-energie en windenergie en door in algemene termen te "investeren in groene ontwikkelingen", zoals hij het graag noemde.

'Wat zal ik gaan doen dit weekend, Jace?' Het hele weekend nietsdoen; dat was heel iets anders dan haar normale 24/7 routine. Als de enige onderzoeker in haar bloeiende praktijk van fraudeonderzoek was ze er niet aan gewend om gewoon te relaxen. 'Ik had wat werk mee moeten nemen.'

Jace schudde zijn hoofd. 'Dit is de ideale gelegenheid om je te ontspannen. Als ik aan het werk ben, kun jij voor de verandering rust nemen en iets leuks doen.'

'Dat ben ik ook wel van plan, maar ik weet niet zeker of ik dat het hele weekend kan doen.' Ze klopte op haar reistas; ze had een zekerheidje ingebouwd. In die tas zaten gidsen en kaarten van de streek. Verder kon ze een sneeuwschoenwandeling maken of een andere wandeling, afhankelijk van de dikte van het sneeuwdek. Ze had ook een stuk of vijf misdaadromannetjes meegenomen voor het geval ze gedwongen was binnen te blijven. Het enige waar ze echt moeite mee had was helemaal niets doen.

'Het is niet zo moeilijk als je er eenmaal aan gewend bent. Beschouw dit weekend als een welkome interventie. Nu zijn de rollen eens omgedraaid. Ik werk het hele weekend.' Jace zou een eerste concept van de biografie schrijven, zodat Batchelor die voor hun vertrek op zondag kon doorlezen en goedkeuren. Daarna zou hij de biografie afmaken als ze terug waren in Vancouver.

Er was niets mis met vrije tijd, concludeerde Kat. Ze was er gewoon niet aan gewend. Hoe dan ook, ze had haar laptop meegenomen als back-up voor het geval er zich iets voordeed op kantoor. Als oom Harry toch met een vraag belde, was ze erop voorbereid.

De laatste paar dagen was het gebied geteisterd door hevige sneeuwstormen en daarom waren ook hun eigen plannen onzeker geweest tot vanochtend, toen het weer tijdelijk was verbeterd. 'Ik hoop dat we niet ingesneeuwd raken,' zei Kat. 'Ik heb maandagmorgen vroeg een afspraak met een cliënt.'

'Ik denk dat het weer wel mee zal vallen.' Jace keek op van zijn laptop. Hij was heel graag buiten en was vrijwilliger bij de opsporings- en reddingsdienst. Hij verafgoodde Batchelor bijna om zijn inzet voor het milieu. 'Ik kan nog steeds niet geloven dat hij mij heeft uitgekozen om zijn biografie te schrijven. Hij had zoveel anderen kunnen kiezen.

'Hij heeft niet zomaar iemand gekozen.' Ze legde haar hand op die van hem. 'Hij heeft jóú gekozen.'

'Ik ben een beetje zenuwachtig. Stel dat het me niet lukt?' Jace' normale zelfvertrouwen liet hem blijkbaar in de steek omdat hij zo veel ontzag had voor Batchelor.

Kat kneep in zijn hand. 'Doe niet zo raar. Je schrijft al meer dan tien jaar voor *The Sentinel.* Hij heeft jou gekozen omdat je geweldig kunt schrijven.'

'Ik heb nooit eerder een heel boek geschreven, laat staan de biografie van een beroemde miljardair.'

'Je kunt het. En het kan je misschien nieuwe mogelijkheden bieden.'

'Ik weet het.' Jace zuchtte. 'Op de een of andere manier had ik niet gedacht dat mijn eerste boek een biografie zou zijn. Ik dacht dat het een thriller zou zijn of zoiets.'

'Maakt niet uit. Je weet hoe je moet schrijven en Batchelor vertrouwt je. Jouw ervaring met outdooractiviteiten maakt dat jullie beiden veel gemeen hebben.' Naast het feit dat hij een opsporings- en reddingsvrijwilliger was, was Jace dol op skiën en maakte hij graag trektochten. Als het om outdooractiviteiten ging, was Jace van de partij. Beide mannen hielden van buitenactiviteiten en gaven om het milieu.

'Ik hoop dat je je niet verveelt, aangezien ik de hele tijd bezig zal zijn met Batchelor. Aan het eind van het weekend moet ik een eerste concept klaar hebben. Wat heb jij voor plannen?'

Kat lachte. 'Ik bedenk wel wat.' Hoewel het leuk zou zijn om zich voor de verandering eens te ontspannen, kon ze Jace misschien helpen. Jace hielp haar vaak met haar fraudeonderzoeken en het zou leuk zijn hem eens een wederdienst te bewijzen. 'Ik weet zeker dat we wel een paar momenten samen zullen hebben.'

'Ik beloof niets. Je weet hoe die magnaten zijn. Ik heb het gevoel dat ik bijna elk uur van de dag in zijn gezelschap zal verkeren.'

'Dat is prima. Ik kan altijd de stad ingaan en rondkijken.'

Kat keek naar Jace' aantekeningen. 'Is er iets in zijn leven waar je niet over mag schrijven? Ik wed dat hij wel een paar geheimen heeft.'

'Ik zou de opdracht niet hebben aangenomen als dat het geval was.' Jace strekte zijn lange benen uit. 'Of mijn naam eronder zetten. Iets controversieels is goed. Dat zijn de soort dingen waarover mensen willen lezen.'

'Dat maakt het boek objectief en evenwichtig. In dat geval komt het allemaal goed.' Dennis Batchelor werd weliswaar op handen gedragen vanwege zijn werk voor het milieu, maar hij had heel wat vijanden gemaakt met zijn nietsontziende aanpak. Sommigen beschuldigden hem van eigenbelang; dat hij zijn persoonlijke doelen belangrijker vond dan de milieudoelen waarvoor hij streed met behulp van methoden die de aandacht van de media trokken. Maar diezelfde meedogenloosheid was nu eenmaal het verschil tussen miljardairs en andere mensen.

Kat keek aandachtig rond in de weelderig uitgeruste cabine. Het vliegtuig beschikte over minder dan de helft van de zitplaatsen van een normaal vliegtuig en de hele sfeer rondom de vlucht was veel informeler. Geen veiligheidscontroles of wachten om in te checken, geen gedoe met bagage in de vakken boven je hoofd en geen lawaaierige passagiers. Het was de eerste en waarschijnlijk de laatste keer dat ze had gevlogen in een privévliegtuig.

Ze hadden bruschetta met gerookte zalm gehad en een selectie van buitenlandse kazen met daarbij mineraalwater met bubbels. Ze zou absoluut kunnen wennen aan deze popsterrenbehandeling. Maar dat was niet verstandig, omdat de vlucht maar een uur in beslag nam. Ze was zich er heel goed van bewust dat dit waarschijnlijk de enige keer was dat haar dergelijke luxe ten deel zou vallen. Het was echt heel iets anders dan de vluchten in de economyclass waar ze aan gewend was, waarbij je opgepropt zat en je eigen eten mee moest nemen.

Batchelor had GreenThink opgericht, de lobbygroep voor het milieu, beroemd om zijn afwijzende opstelling tegenover het kappen van bossen, viskwekerijen en praktisch iedere activiteit die het grote bedrijfsleven ondernam in de natuur. Sinds de oprichting dertig jaar geleden had de groep regeringen gelobbyd en mensen ertoe geïnspireerd het milieu te beschermen en te behouden.

Ironisch genoeg was deze vasthoudende milieuactivist nu zelf het gezicht van het grote bedrijfsleven geworden. Earthstream Technologies, zijn eigen zeer succesvolle onderneming, was voortgekomen uit zijn inspanningen voor het milieu en had de aanzet gegeven voor zijn miljardenbedrijf. Door middel van een gepatenteerd procedé was Earthstream in staat veel sneller dan de concurrenten vervuilde locaties te saneren; en dat ook nog eens tegen veel lagere kosten.

Earthstreams motto 'Groen is Beter' was waar in meer dan een opzicht. De diverse bedrijfjes van Batchelor maakten gebruik van technologieën die het milieu verbeterden of in stand hielden. Daarnaast had de onderneming een gepatenteerde technologie ontwikkeld om giftige stoffen te doen oplossen zonder gebruik te maken van agressieve chemicaliën. Earthstream was een schoolvoorbeeld van hoe je goed kon doen en tegelijkertijd winstgevend kon zijn.

Kat schudde heen en weer in haar stoel toen de Cessna in wat turbulentie terechtkwam. Ze keek uit het raam en zag dat zich in de net nog heldere en wolkeloze lucht stapelwolken hadden ontwikkeld. De Cessna begon aan de afdaling. Het vliegtuig zakte door de wolken heen en ze zag steile, met sneeuw bedekte bergen en de heldere turquoise kleur van een gletsjermeer gelegen in een breuktrogvallei. De piloot cirkelde om het meer en zette het vliegtuig neer op de landingsbaan langs het water.

Ze stapten uit het vliegtuig in stralende zonneschijn, maar er stond wel een koude bries die van over het water kwam. Er lag een laagje sneeuw op de omringende heuvels. Kat huiverde in haar dikke, donzen jas en dacht na over de volgende etappe van hun reis: naar Batchelors landhuis hoog in de bergen.

Ze werden verwelkomd door een lange man met een baard van achter in de dertig. Hij stak zijn hand uit en glimlachte. 'Ranger. Ik breng jullie naar het landhuis.'

Kat vroeg zich af of dat zijn voornaam of zijn achternaam was, maar ze kreeg niet de kans het te vragen. Binnen enkele ogenblikken voerden Ranger en Jace al een geanimeerd gesprek over skiuitrusting.

Ze keek om zich heen en zag maar weinig activiteit op het kleine vliegveld. Hun vlucht was de enige, ook al stonden er nog vijf of zes vliegtuigen voor of in de hangar. Afgezien van Rangers Landcruiser stonden er geen andere voertuigen klaar om passagiers af te halen.

Ze wist dat het niet zo goed ging met het stadje, maar ze had meer bedrijvigheid verwacht. Ze slingerde haar tas over haar schouder en liep achter Ranger en Jace aan op weg naar de Landcruiser.

Al gauw reden ze een steile weg op naar het centrum van de stad. Ze ving een paar keer een glimp op van het historische centrum toen ze erdoorheen reden en was onder de indruk van de laat negentiende-eeuwse bakstenen gebouwen. Honderdvijftig jaar geleden luidde de vondst van goud en zilver een bloeitijd in en toen volgden er decennia waarin het stadje belangrijk was als spoorwegknooppunt. De gebouwen waren het bewijs van de kortstondige voorspoed van het stadje.

Na bijna een eeuw van langzaam verval had het stadje zichzelf opnieuw uitgevonden als de onofficiële marihuanahoofdstad van Brits Columbia, maar zelfs die bedrijfstak bestond niet meer. De fortuinen die verdiend waren in de heuvels rond de stad waren verdwenen, samen met de mensen. De stad zag er in de buitenwijken tamelijk vervallen en armoedig uit.

Ze wilde best even blijven om het stadje te verkennen, maar hun eindbestemming was nog een uur rijden. Na een paar straten met gesloten cafés en niet echt uitnodigende etalages kwamen ze terecht op een tweebaansweg door een dicht bos. Ze kwamen maar een paar auto's tegen tijdens de rit, dus Kat was verbaasd toen ze na drie kwartier plotseling moesten remmen.

Een stuk of tien auto's, bijna allemaal kleine vrachtwagens en SUV's, stonden slordig geparkeerd langs de kant van de weg. Ranger ging langzamer rijden en draaide de grindweg op direct voor de auto's. Een van de auto's blokkeerde de weg.

In de wijde omgeving was niets te bekennen. Waar kwamen die auto's vandaan?

Een stuk of twintig mannen en vrouwen stonden op de weg, vijftien meter verwijderd van de afslag. Ze zwaaiden met borden met daarop protestslogans. Het was een wegblokkade.

Kat ging een beetje nerveus verzitten. 'Wie zijn die mensen?'

Ranger reed nu stapvoets. 'Gewoon een stelletje oproerkraaiers. Daar zijn er veel van hier in de buurt.'

'Wat willen ze?' vroeg Jace.

De mannen en vrouwen op de weg droegen allemaal borden. Op een ervan stond: *Bescherm ons drinkwater.* En op een ander: *Wij wonen hier. Geen vergiftigd water.*

Een stukje verder stond een ander groepje rond een provisorisch vuurtje in een olievat. Een semipermanent hutje van triplex verschafte hun enige beschutting. Ernaast lagen een paar plastic stoelen.

'Van alles,' zei Ranger. 'Ze zijn faliekant tegen bouwplannen van welke aard dan ook. Net alsof daar bij hun eigen huizen en boerderijen ook nooit sprake van is geweest.'

Kat wisselde een blik van verstandhouding met Jace. 'Woon je hier zelf?'

Ranger knikte. 'Ik woon op het landgoed in een apart huisje.'

Kat nam aan dat dit inhield dat hij geen land bezat in het gebied. Dat verklaarde waarom bouwplannen hem niet zoveel zeiden. Hij had geen land, dus het maakte hem niets uit.

'Wat is er mis met het drinkwater?' vroeg Kat.

'Eigenlijk niets. Hun reactie is overdreven en ze veroorzaken problemen met hun bangmakerij.'

'Waarom zouden ze dat willen?'

Hier in de buurt bevindt zich een oude mijn. Die is al een paar jaar dicht, dus er is geen bedrijvigheid. Een klein deel van het residubekken – daar wordt het afval zoals stenen, water en oplosmiddelen van de mijn in opgeslagen – is lek geraakt en ze denken dat daardoor het water wordt verontreinigd.

'En is dat niet zo?' vroeg Jace.

'Technisch gesproken wel, maar het stelt niet veel voor. Het residubekken raakte overstroomd, maar het water is nooit terechtgekomen in Prospectors Creek. In het grondwater werden wel geringe sporen van verontreiniging aangetroffen, maar dat was drie jaar geleden. De locatie is volledig gesaneerd en het verontreinigde water is nooit terechtgekomen in de watervoorziening op iemands land. Maar zo zien zij het niet. Zij beweren dat ze schade hebben opgelopen, maar volgens mij zoeken ze naar een excuus om ruzie te maken. Of een schadeclaim in te dienen.' Ranger ging nog langzamer rijden toen hij dichter bij de groep kwam.

'Als dit gebied zo afgelegen is, waarom zijn ze hier dan überhaupt?' vroeg Kat.

Ranger keek naar haar in de achteruitkijkspiegel. Hij fronste zijn wenkbrauwen. 'Wat bedoel je?'

'Nou, ze kunnen hier dagen staan zonder dat er een auto voorbijkomt.'

'Ze hebben me zien vertrekken en wisten dat ik terug zou komen, dus hebben ze de troepen bij elkaar gehaald,' zei hij.

'Maar het protest heeft toch geen invloed op jou? Is de betoging voor óns bedoeld – voor je gasten?'

'Voor een deel. Maar ook als jullie hier niet zouden zijn, zouden ze de weg hebben geblokkeerd. Ze vinden het leuk ons dwars te zitten. Ze staan hier bijna elke dag. Maar zoals ik al zei, het slaat nergens op. Het water is schoon – en dat is altijd het geval geweest – en het wordt regelmatig getest.' Ranger stopte toen een slanke vrouw van in de zestig op hen afkwam. 'Het heeft in ieder geval niets met Dennis te maken.' Hij draaide het raampje open en leunde wat naar buiten. 'Elke.'

'Je kunt hier niet langs.'

'Je moet me er toch doorlaten. Ik woon hier.'

Elke keek speurend de auto in. 'Wie zijn die mensen?'

'Dat gaat je niets aan. Maar je mag het wel weten. Het zijn vrienden van Dennis. Wees nu een goede buur en laat ons erdoor.'

Elke keek boos, maar deed een paar stappen achteruit. Ranger reed langzaam langs het groepje, terwijl de verzamelde mensen hem allerlei verwensingen toeschreeuwden.

Toen ze erlangs waren, draaide Kat zich om en keek naar het groepje. 'Je hebt hier in de buurt een interessant welkomstcomité.'

De demonstranten lieten hun borden vallen en liepen terug naar hun provisorische schuilhutje. 'Het moet wel vreselijk koud zijn als je hier buiten staat,' vulde ze nog aan.

'Degenen die verstandig waren, zijn een poos geleden al afgehaakt,' zei Ranger. 'Maar er zijn er altijd een paar die niet van opgeven willen weten.'

'En daar is Elke er een van?'

'Klopt. Zij en haar man willen een financiële regeling. Belachelijk, omdat zij helemaal geen schade hebben geleden. Zij hebben het over een waardedaling van hun land, maar het land hier in de buurt is nooit veel waard geweest. Ze zoeken gewoon een excuus om geld te verdienen.'

'Waarom vallen ze Dennis dan lastig? Hoe zit het met de eigenaren van de mijn?' vroeg Jace.

'Dat zijn buitenlanders,' zei Ranger. 'Aangezien ze die niet echt kunnen aanpakken, gaan ze ervan uit dat ze aandacht krijgen als ze Dennis het leven zuur maken. We proberen hun geen aandacht te geven.'

'Waar is die mijn?' Kat had geen enkel teken van bedrijvigheid gezien nadat ze Sinclair Junction achter zich hadden gelaten.

'De Regal Gold-mijn is een stukje verder op deze weg. Hij grenst aan Dennis' land. Als een milieuactivist als Dennis zich er geen zorgen om maakt, dan hoeven zij dat ook niet te doen. Zij maken van iets heel kleins iets heel groots en willen gewoon ruzie maken.'

'Wie zijn precies de eigenaren van de mijn?' vroeg Jace.

'Regal Gold is eigendom van een Chinees bedrijf, dat graag zoveel mogelijk buiten beeld wil blijven. Het is onmogelijk om met de buitenlandse eigenaren in contact te komen. De actievoerders hebben geklaagd bij de regering, die aangeeft dat het ook niet hun verantwoordelijkheid is. Dus hebben zij het idee dat ze hun pijlen dan maar moeten richten op Dennis, aangezien hij een milieuactivist is. Ze denken dat ze hem het gevoel kunnen bezorgen dat hij hun zaak moet gaan bevechten.' Hij schudde het hoofd. 'Ze hebben het mis. Hij houdt er niet van onder druk te worden gezet.'

Kat lachte. 'Het is wel ironisch, vind je niet, dat uitgerekend Dennis Batchelor te maken krijgt met actievoerders?'

Ranger zei niets. Deze keer vermeed hij haar blik in het achteruitkijkspiegeltje en ging niet in op haar opmerking.

Zij vond het wél grappig, maar misschien had ze haar mond moeten houden. Ze reden verder op de steile grindweg, steeds hoger de berg op. Af en toe hield de bomenrij op en kon Kat een glimp opvangen van de vallei beneden. Het uitzicht was adembenemend: hoge bergen met een blauw meer en sneeuw eromheen.

'Het is hier heel mooi, zo ongerept en woest.' Ze begreep heel goed waarom Batchelor in dit gebied een huis had laten bouwen. Het was niet ver vliegen van Vancouver, maar toch was het hier afgelegen en niet gemakkelijk bereikbaar voor de media en het grote publiek.

Een paar minuten later liep de grindweg niet meer omhoog; ze kwamen op een asfaltweg terecht die over een groot plateau bovenop de berg liep. Het landhuis van Dennis Batchelor was gelegen aan het eind van het plateau en was zichtbaar van een paar kilometer afstand. De gigantische constructie van steen en hout was gebouwd op een rotswand die zich onderscheidde van het verder vlakke landschap. Het huis leek op een blokhut, maar dan wel een zeer uit de kluiten gewassen blokhut. Aan twee kanten van het huis stonden bomen en kleine gebouwtjes. De voorgevel was van glas en gaf uitzicht op de vallei beneden.

Even later zaten Kat en Jace een kopje cappuccino te drinken in de grote ontvangstruimte terwijl hun kamer werd klaargemaakt. Ze hadden een eigen blokhut, gebouwd op het randje van de rotswand. Kat begon het allemaal steeds leuker te vinden.

De grote ontvangstruimte van het landhuis was al groter dan hun hele huis bij elkaar. Ramen met kamerhoog glas werden afgewisseld met massieve houten balken en natuursteen, wat het gevoel gaf van luxe die niet protserig was. De enige muur werd opgeluisterd door een enorme open haard waarin een groot vuur brandde. Naast de haard hingen foto's van Batchelor door de jaren heen. De foto's hingen in chronologische volgorde en boden zo een tijdlijn in beeld van het leven van Batchelor en de milieubeweging die hij was begonnen.

Met de eerste foto had Batchelor internationaal roem verworven. Een paar actievoerders blokkeerden een weg naar een houtkapgebied onder wie een koppig uitziende Dennis Batchelor, die toen ergens in de twintig was geweest, en de persoon in het midden van de foto. Hij had zichzelf vastgeketend aan een oude Sitka Spruce-boom. Hij grijnsde uitdagend in de camera. Tegenover hem stonden een stuk of tien houthakkers, die hun doorgang geblokkeerd zagen. Achter de houthakkers stond de politie, die geen zin had om iets te ondernemen wat een vechtpartij zou kunnen uitlokken.

Dat moment, vastgelegd door de cameralens, was de katalysator geweest die de publieke opinie ten aanzien van het lot van de Carmanahvallei en haar beroemde totemberen had doen omslaan. Er waren al jaren protesten, maar die dag betekende het omslagpunt. Er verzamelden zich talloze actievoerders om zich aan te sluiten bij de strijd. Het vormde het begin van Batchelors kruistocht ter ondersteuning van het milieu. Hoewel Batchelor absoluut niet de eerste actievoerder was, trokken zijn charisma en zijn buitenissige, aandachttrekkende gedrag een kritische massa aanhangers aan. Zijn uiterst gedurfde stunts leverden geweldige videobeelden op en hij verwierf een haast mythische status als actieheld. Veel van zijn stunts waren extreem gevaarlijk, maar hij kreeg de aandacht die hij wilde. Hij was zelfs bereid om uit een vliegtuig te springen en zich met zijn parachute naar de plek te begeven waar een houtkapoperatie aan de gang was als het niet anders kon.

Zijn idealisme in combinatie met zijn knappe uiterlijk leverde hem vele – vooral vrouwelijke – aanhangers op. De publieke opinie dwong de regering om het overblijvende oerbos te behouden en te beschermen.

Hij was nog maar begin dertig toen hij GreenThink oprichtte, de milieubeweging die een hele generatie jonge mensen inspireerde. Daarna gebruikte hij zijn passie voor het milieu voor het opzetten van een hele reeks winstgevende bedrijven. Het meest recente, Earth-stream Technologies, was één groot succesverhaal met een omzet van miljarden. Kat vroeg zich af of de hippie die zich had vastgeketend aan een boom ooit had gedacht dat hij op een dag miljardair zou zijn.

'Jullie zijn er!' Ergens achter hen hoorden ze een enthousiast bulderende mannenstem.

Kat draaide zich om en zag Dennis Batchelor in de deuropening staan. Hij was dertig jaar ouder en bijna twintig kilo zwaarder. Zijn eens knappe gezicht had nu bolle wangen en hij had donkere schaduwen onder zijn ogen. Hoewel hij nog steeds leek op de jeugdige actievoerder op de foto, hadden de miljarden wel hun tol geëist.

Hij droeg een flanellen overhemd, een oude spijkerbroek en afgetrapte cowboylaarzen. 'Hier draagt niemand een pak. Je komt gewoon zoals je bent.'

'Dat snap ik.' Kat nam een slokje van haar cappuccino en wees naar de grootste foto. Daarop stond Batchelor tegenover een vrachtwagen met boomstammen midden op een verder verlaten bosweg met eeuwenoude Sitkadennenbomen erlangs. 'Ik kan me herinneren dat ik als jong meisje die foto zag. Ik had nog nooit over natuurbehoud nagedacht, totdat ik jou zag.'

'Dat gold voor bijna iedereen. Daarom moest en zou ik niet opzijgaan voor die vrachtwagen.' Batchelor lachte. 'Hoewel ik wel bang was dat ze gewoon over me heen zouden rijden. In die tijd ging het er hectisch aan toe.'

'Die dag redde jij het bos,' zei Jace.

'Iemand moest het doen,' zei Batchelor. 'Toen het nog kon. Als die weg was gebouwd, had dat allerlei problemen met zich meegebracht. Mensen, voertuigen, vervuilende industrieën. Als de leefomgeving eenmaal verwoest is, is het moeilijk om die weer te herstellen.'

'Je hebt een hele generatie geïnspireerd en daar hoor ik ook bij,' zei Jace. 'De waarheid aan het licht brengen, hoe omstreden die ook is. Om die reden ben ik journalist geworden.'

Batchelor lachte. 'Dat is een groot compliment. Daarom heb ik je ook uitgekozen voor mijn biografie. Ik moet werken met iemand die begrijpt waar het bij mij allemaal om draait.'

Het schrijven van Dennis Batchelors biografie was een grote kans; een kans die je maar één keer kreeg in je leven. Een kans die een breekpunt kon zijn in Jace' carrière. Er gingen talloze geruchten dat de magnaat een heel moeilijk mens was om mee samen te werken, maar Kat zag daar geen enkele aanwijzing voor. Tenminste, nog niet.

Batchelor wandelde naar de open haard. 'Je houdt van het buitenleven, net als ik.' Hij knikte naar Kat. 'Ik dacht dat jullie een weekend hier wel zouden waarderen. Is de omgeving niet adembenemend?'

'Ongerepte natuur,' viel Jace hem bij. 'Dit is een prachtige plek.'

'Het kostte me tien jaar om dit te laten neerzetten,' zei Dennis. 'En uiteindelijk ben ik bijna nooit thuis om ervan te genieten.'

2

De zogenaamde "blokhut" van Kat en Jace was meer dan tweehonderdvijftig vierkante meter luxe, een authentiek houten gebouw met een zeven meter hoog plafond en een galerij op de eerste verdieping. De benedenverdieping was één grote ruimte met uitzondering van twee slaapkamers en een badkamer.

'Ik kan gewoon niet geloven dat we dit allemaal voor onszelf hebben,' zei Kat. 'Ik geloof niet dat ik ooit heb geslapen in zo'n luxe omgeving.'

Jace knikte.' Jij hebt in ieder geval de kans om ervan te genieten. Ik ben het hele weekend druk aan het werk met Dennis.'

'We hebben toch wel wát tijd samen?' Kat had zich voorgesteld dat ze zouden gaan skiën of een sneeuwschoenwandeling maken in de spectaculaire omgeving. 'Misschien later vanmiddag?'

'Ik zou er niet op rekenen. Mensen als Dennis lijken wel de hele dag door te werken, altijd op zoek naar manieren om nog meer geld te verdienen. Daar gaat het bij dat boek natuurlijk ook om: een manier om munt te slaan uit zijn naam. Hij wil zondag al een eerste concept hebben.'

'Dat is belachelijk snel. Maar uiteindelijk zal 't het wel allemaal waard zijn. Door het werken met een miljardair word je zelf ook bekend.' Een boek over Dennis Batchelor stond praktisch garant voor een bestseller. Niet alleen Jace bewonderde de man; veel mensen verafgoodden de beroemde milieuactivist. Iedereen in Noord-Amerika kende hem.

Kat ritste haar tas open en haalde haar laptop eruit. Ze deed de oplader in het stopcontact. 'Als ik helemaal niets te doen heb, is dit de beste plek om niets te doen.'

'Je hoeft je alleen maar te ontspannen,' stemde Jace in. 'Zet je telefoon uit en trek je terug uit de wereld.'

Ze verheugde zich op een beetje vrije tijd, maar wilde eerst haar mail checken. Ze slaakte een verwensing toen ze erachter kwam dat ze geen bereik had. 'Mijn mobiel schijnt hier niet te werken. Zeker te afgelegen.' Ze had zich niet gerealiseerd dat er geen zendmasten in de bergen waren. Hoe kon Batchelor het zonder een mobiel af? Misschien had hij wifi. Daar moest ze maar eens naar vragen.

Ze richtte zich in plaats daarvan op haar laptop. 'Uh-oh. Ook het internet doet het niet. Ik kan geen verbinding maken.' Ze hoopte maar dat Batchelor geen satellietverbinding zou blijken te hebben in plaats van wifi. Die waren berucht vanwege de lage snelheid en de onbetrouwbaarheid.

'Je hebt geen internet nodig, joh.' Het was een voortdurende strijd tussen hen beiden. Jace liet zijn werk achter op kantoor, terwijl Kat juist geen scheiding aanbracht tussen werk en privé. Of, zoals Jace het verwoordde, ze had geen leven. Nu waren de rollen echter omgedraaid. Deze keer was Kat degene met meer vrije tijd.

Jace had het grootste deel van zijn kleren al uitgepakt en weggelegd in een van de twee bij elkaar passende handgesneden kastjes die naast het kingsize bed in de grote slaapkamer stonden. Kats spullen bleven in haar tas. Ze zou later haar spullen wel opruimen, als ze eenmaal haar laptop aan de praat had.

'Waarom heb je je laptop überhaupt meegenomen?' Jace fronste. 'Wat heeft het voor zin om hier te zijn als je niet van de omgeving gaat genieten?'

'Dat is te moeilijk voor me, Jace. Ik kan me niet ontspannen, als ik me er niet eerst van heb vergewist dat in Vancouver alles in orde is. Ik check af en toe gewoon mijn e-mail.' Haar geluk hing af van een draadloze verbinding. Ja, ze wist hoe stom dat klonk, maar ze was er in ieder geval eerlijk over.

'Ik ben degene die dit weekend werkt, niet jij.' Jace rolde met zijn ogen. 'Ik had je tas moeten controleren voor we weggingen. Wat jij nodig hebt, is een echte werkonderbreking. Denk dit weekend nu eens niet aan werk.'

Jace had waarschijnlijk gelijk, maar zijn baan als onderzoeksjournalist betekende dat hij kon rekenen op een vast salaris van *The Sentinel*, ook als er niet veel werk voor hem was. Zij daarentegen was zelfstandige. Geen werk betekende geen inkomen. Maar nu de kerst er aankwam, deden de meeste mensen het al rustig aan en ook voor haar was er niet veel te doen. Eigenlijk was ze vrij tot januari en had ze nu vakantie; dit weekend verbleef ze in een luxe blokhut in de vrije natuur en had ze helemaal niets te doen. Het enige nadeel was dat ze een verrot slechte internetverbinding had. De oplossing: ze hoefde zich alleen maar te ontspannen. Het werk achter zich te laten. Hoe moeilijk kon dat nu zijn?

Maar stel dat iemand haar hulp nodig had? Oom Harry? Een nieuwe cliënt?

Niet erg waarschijnlijk, zo vlak voor de kerst. 'Je zult wel gelijk hebben.' Ze zuchtte en klapte haar laptop dicht. Ze was afgesloten van de buitenwereld; in ieder geval voor dit moment. Ze zou het nog eens opnieuw proberen als Jace aan het werk was.

Het was ook een beetje dom om tijd te besteden aan het kijken naar een scherm als ze omgeven was door ongerepte natuur. Het enige nadeel was dat Jace druk bezig zou zijn, maar ze kon zichzelf ook prima vermaken. Ze kon naar buiten gaan om te wandelen of gewoon binnen blijven en luieren in deze prachtige blokhut.

Ze ging languit liggen op het kingsize bed en zonk weg in het luxueuze, donzen dekbed. Ze rolde op haar zij en genoot van het uitzicht door de kamerhoge ramen. Openslaande deuren gaven toegang tot een groot terras met een ononderbroken uitzicht op de vallei beneden.

'Kom eens kijken naar het uitzicht. Het is geweldig.' Ze ging rechtopzitten met een stuk of vijf kussens in haar rug en keek de kamer rond. Het leukste aan hun blokhut was dat hij over alle faciliteiten beschikte, inclusief een keuken met goed voorziene wijnkast.

'Ogenblik.' Jace verscheen in de deuropening met zijn koffertje in zijn hand. 'Ik kom er zo aan, maar eerst pak ik even mijn spullen netjes uit.'

'Schiet een beetje op.'

Hun onderkomen was een meter of zestig van het landhuis en Batchelors privéverblijf, maar door een groot aantal groenblijvende bomen was het landhuis totaal niet zichtbaar. Alle faciliteiten waren binnen handbereik en toch waren ze helemaal alleen. Het gevoel van eenzaamheid in de wildernis had ze slechts eenmaal eerder meegemaakt; toen hadden ze een week door de wildernis van Alaska getrokken. Voor die reis waren ze ook gaan vliegen. Maar daar hielden de overeenkomsten wel op. Terwijl ze in beide gevallen in een woest landschap verkeerden, was het nu wel veel luxer.

Het was begonnen met sneeuwen net nadat ze bij de blokhut waren aangekomen, maar nu al was de aarde bedekt met een dun laagje wit. Ze volgde met haar blik een steenarend die rondcirkelde alvorens te landen op een pijnboom die naast hun terras stond.

'Kijk, Jace. Hier vlakbij is een nest.' Ze wees naar de top van de boom, waar de steenarend was gaan zitten op de rand van een enorm groot nest. Ze kon al die activiteit gadeslaan door het raam zonder ook maar van haar bed af te komen. Waarom zou ze hier ooit nog weggaan?

Jace kwam bij haar zitten op het bed. 'Jij hebt mazzel. Niet zo leuk dat ik meteen aan het werk moet.'

Kat tuitte haar lippen en vleide zich tegen hem aan. 'Arme schat.'

De steenarend verdween uit het zicht in het grote nest, zich totaal niet bewust van hun starende blikken. Waarschijnlijk zocht hij een beschutte plek en wachtte hij tot de sneeuw ophield.

Hun blokhut was op het uiterste randje van de rotswand gebouwd. De volledige zuidzijde was van glas en bood een adembenemend uitzicht op de honderden meters lager gelegen vallei. Bij het bouwen van de blokhut had de architect de lijn van de rotswand gevolgd en ook de glooiing van het terrein, zodat er beschutting was tegen de wind. Het tien meter diepe terras stak uit de rotswand en bood zo een ongestoord uitzicht op het landschap.

Het uitzicht was met recht adembenemnd.

Er kwamen hier maar weinig mensen, omdat Batchelors landgoed gelegen was in een uithoek van het Selkirkgebergte. De landweg waarover zij waren gekomen kon je gemakkelijk voorbijrijden; de enige andere manieren om hier te komen waren per helikopter of per sneeuwscooter.

Ze staarde naar het uitzicht. Hoe had Batchelor zo'n afgelegen plek ontdekt? 'Hier zou ik me zeker thuis kunnen voelen.' Het bos aan de oostzijde van hun blokhut was zichtbaar in de hoek van het raam. Op de bomen lag een dun laagje sneeuw van de vlokken die een uur geleden waren gaan vallen. Heel wat anders dan de stralende zon van een paar uur geleden, toen ze aankwamen op het vliegveld.

Jace rolde naar Kat toe en sloeg zijn armen om haar heen. 'Ik ook.'

'Hoe laat heb je afgesproken met Batchelor?'

'Over een uur.' Jace ging rechtop zitten en haalde een walkietalkie uit zijn zak. De stem van Dennis maakte een krakend geluid toen de mannen even met elkaar praatten. 'Verandering van plan. Hij wil nu beginnen.'

'Tja, een miljardair kun je niet laten wachten, hè.' Kat glimlachte, maar had wel een beetje de pest in. Dennis had Jace nu al aan een leiband door middel van die walkietalkie. Daar ging het beetje tijd dat ze samen hadden kunnen doorbrengen voordat hij begon aan zijn klus. 'Je kunt maar beter gaan dan.'

Jace kuste haar. 'Ik ben snel terug. We gaan het alleen hebben over de opzet die ik hem eerder heb opgestuurd.' Jace had die vorige week opgestuurd, na het tekenen van het contract.

Kat zuchtte. 'Ik ben hier. En ik heb uiteraard niets te doen.'

Ze staarde uit het raam. Het duurde nog uren tot zonsondergang, maar de lucht was grijs en de wolken werden steeds dreigender. Misschien was dit wel een goede dag om binnen te blijven en te genieten van de blokhut.

Het vuur in de open haard knetterde en de kamer werd al snel warm. Het vuur had al gebrand toen ze aankwamen; een heel leuk gebaar. Het vuur was ontspannend en lekker warm. Jace had gelijk. Ontspanning was goed voor de geest. Jammer genoeg had zij een rusteloze ziel.

Kat stond op en knielde bij het haardvuur. Ze pakte een stuk hout van de stapel naast de haard en legde die op het vuur. Ze stookte het vuurtje op, gebiologeerd door de vlammen.

Ach, wie hield ze hier nou eigenlijk voor de gek? Ze was helemaal niet gebiologeerd, ze verveelde zich. Ze wilde wel op de bank zitten en niets doen, maar ze kon het domweg niet.

Maar naar buiten gaan was geen goed idee nu het haardvuur brandde. Ze zou ook wat rek -en strekoefeningen kunnen doen en wachten tot het vuur wat minder hoog werd. Ze ging op haar knieën zitten en haalde diep adem als bij yoga. Toen moest ze hoesten, omdat ze rook van de haard naar binnen kreeg.

Dat werd niks.

Hoe kon ze zen-achtige rust bij zichzelf oproepen als Jace zich hier vlakbij rot werkte?

Ze porde in het vuur met een pook en smoorde de vlammen met as. Ze had nog wel tijd voor een wandeling op het terrein zolang het nog licht was. De frisse lucht zou haar goed doen. Bovendien zou er later nog genoeg tijd zijn om samen met Jace bij de haard te zitten.

Ze trok haar laarzen en jas aan, ging naar buiten en nam het stenen pad dat naar het landhuis een meter of zestig verderop voerde. Ze had een paar zijpaden gezien toen ze naar de blokhut toeliepen en er was geen betere tijd dan nu om die te verkennen. Ze was nog maar net weg toen Jace haar tegemoet kwam.

Hij kwam aanzetten over het pad met een rood aangelopen en boos gezicht. Hij zei zelfs niets tegen haar.

'Dat was vlug,' zei ze, toen hij haar voorbij liep. 'Iets vergeten?'

'Alleen mijn gezonde verstand.' Hij liep met grote stappen naar de blokhut.

Ze draaide zich om en liep achter hem aan. Hij was minder dan een half uur weggeweest. 'Wat is er aan de hand?'

'Ik vertel het je binnen wel.' Hij ging het trapje op naar de blokhut en stampte harder met zijn laarzen op de deurmat dan nodig was om de sneeuw van zijn zolen te krijgen. Hij deed zijn veters los en schopte zijn laarzen uit. 'Ik wist wel dat die afspraak met Batchelor te mooi was om waar te zijn.'

Kat deed haar laarzen uit en liep achter Jace aan. Ze pakte alle laarzen op en nam ze mee naar binnen. Door een koude windvlaag werd er sneeuw naar binnen geblazen.

Wat was er aan de hand? Het was helemaal niets voor Jace om boos te zijn, vooral niet als het om werk ging.

Jace trok zijn jack uit en gooide het op een stoel in de eetkamer. Hij liep met grote stappen naar de kast, haalde daar zijn reistas uit en gooide die op het bed. 'Batchelor heeft tegen me gelogen. Hij wil niet iemand die zijn biografie schrijft, hij wil dat ik als ghostwriter zijn memoires schrijf. Daar heb ik niet voor getekend.'

Dat was precies waar ze bang voor was geweest. De wederzijdse bewondering tussen Jace en Batchelor had haar wat overdreven geleken; deze onverwachte verandering liet Jace nu totaal anders kijken naar zijn jeugdidool. 'Dat is heel jammer. Maar hij betaalt je wel een hele smak geld. Is het echt zo erg?'

'Natúúrlijk is het erg. We hadden een afspraak voor een biografie van de hand van Jace Burton. Niet voor een autobiografie waarbij ik optreed als een anonieme ghostwriter.'

Kat zuchtte. Zij zou haar trots wel opzijzetten voor honderdduizend dollar. Binnen redelijke grenzen, natuurlijk. 'Het is anders dan wat hij tegen je heeft gezegd, maar hij betaalt je nog steeds honderdduizend dollar.'

'Het is misschien wel veel geld, maar ik moet er ook veel voor doen. Dit contract zou van mij een auteur van naam hebben kunnen maken. Als ghostwriter doe ik wel al het werk, maar blijf ik onzichtbaar.'

'En dat vertelt hij je nu, nadat we hier helemaal naartoe zijn gekomen?' Ze had al gedacht dat het allemaal te mooi was om waar te zijn, maar ze had geen twijfel willen zaaien toen Batchelor vorige week het onderwerp aansneed. En alles was heel snel geregeld, zodat er geen tijd was geweest om er rustig over na te denken.

'Hij heeft het zo gepland. Hij wist waarschijnlijk dat ik niet in zou gaan op een verzoek om als ghostwriter op te treden.'

'Jij gelooft dat hij je met opzet hierheen heeft gelokt?' Hoewel ze wel had gedacht dat er misschien een addertje onder het gras kon zitten bij Jace' opdracht voor een bedrag van maar liefst zes cijfers, geloofde ze niet echt dat Batchelor hem expres had misleid. Misschien had Jace de kleine lettertjes van het contract niet gelezen?

'Inderdaad,' zuchtte Jace. 'Hoe heb ik zo stom kunnen zijn?'

'Er zijn ergere dingen, Jace.' Ze haalde een fles Merlot uit de keuken en zocht naar een kurkentrekker. Het was duidelijk dat Jace vandaag niet meer zou werken en als er iemand was die zich moest ontspannen en een beetje chillen, was hij het wel.

'Het is beledigend. Je wéét wat het betekent om ghostwriter te zijn.'

Kat voelde zich een beetje schuldig; zij had het naar haar zin en Jace duidelijk niet. Ze wilde niet dat het weekend zou eindigen net nu zij zich een beetje begon te ontspannen.

'Ik snap dat het niet is wat je verwachtte, maar wat is er zo erg aan dat zijn naam op de voorkant staat en niet de jouwe? Hij heeft duidelijk een hoge pet op van jouw schrijftalent.' Het was niet zijn droom die uitkwam, maar voor honderdduizend dollar zou het voor háár geen probleem zijn. Ze vond een paar wijnglazen in een kastje en schonk in. Ze gaf een glas aan Jace, die het op tafel zette.

'Dat is niet mijn grootste bezwaar.' Jace liep naar het bureau, haalde er een stapeltje kleren uit en gooide die in zijn tas. 'Het komt erop neer dat ik het verhaal moet schrijven zoals híj het vertelt. Of het nu wel of niet waar is. Geen onafhankelijke verificatie. Geen objectief perspectief. Hij ziet mij als een soort notulist. Dat is beledigend voor mij als journalist.'

'Je laat je emoties de overhand krijgen. Denk er goed over na.' Jace had de neiging impulsief te worden als hij boos was of zich onheus bejegend voelde. Deze opdracht leverde een hoop geld op. En dat geld konden ze goed gebruiken voor de talloze renovaties in hun op een bodemloze put lijkende Victoriaanse huis.

'Ik hoef nergens over na te denken. Ik ben er klaar mee.'

'Maar je weet al zo veel over hem. Je kunt dat boek gemakkelijk schrijven, zelfs zonder veel met hem te praten.' Kat nam een slokje wijn. Die had een zeer soepele afdronk. 'Vat het niet zo persoonlijk op.'

'Hoe kan ik het niet persoonlijk opvatten? Ik doe het alleen maar op mijn voorwaarden – zoals we het hadden afgesproken.' Jace vouwde het contract open. 'Er staat niets in het contract over een rol als ghostwriter.'

'Maar je hebt al een eerste opzet geschreven. Die uitwerken is geen probleem voor je. Dan staat jouw naam er niet op. Misschien is dat wel beter als je het niet als journalist schrijft.' Kat liep naar het raam en bewonderde het uitzicht. 'Waarom zou je niet het beste maken van een lastige situatie?'

'Het beste? Zodat ik mezelf kan verloochenen?' Jace liep naar de tafel en nam een slokje van zijn wijn. 'Hmm. Deze wijn is best lekker.'

'Laat mij dat contract eens zien,' zei Kat.

Jace reikte het haar aan.

'Je verloochent jezelf niet. Je maakt een opdracht af, net zoals je dat doet bij *The Sentinel*. Mag jij soms altijd kiezen waarover je voor de krant schrijft?'

Hij zuchtte. 'Nee, dat is wel zo.'

'Dit is precies hetzelfde. Jij schrijft een mooi verhaal om Batchelor tevreden te stellen en je krijgt daar heel goed voor betaald. Je hebt een contract getekend, maar hij kan je niet echt dwingen om iets te schrijven wat jij niet wilt. Mocht dat gebeuren, dan heb je het daar met hem over. Ik denk dat het niet eens vaak zal voorkomen, afgezien van dingen die hij wellicht iets mooier wil maken dan ze zijn.'

Jace fronste.

'En dan nog wat,' voegde ze eraan toe. 'We zitten hier vast tot zondag. We kunnen niet eens zelf weg.'

'Dat hoorde ongetwijfeld bij zijn plan,' mompelde Jace.

Maar hij was al wat rustiger. De wijn begon te werken.

Kat las het contract door. Ze was eraan gewend contracten uit te pluizen. Het was duidelijk door het ingewikkelde taalgebruik dat de naam van Jace niet zou verschijnen op de omslag van het boek. De bepaling waarin dat echt stond vond ze pas op bladzijde acht, dus zo duidelijk was het allemaal niet.

'Misschien heb je wel gelijk.' Jace dacht even na. 'Ik weet natuurlijk niet echt of er iets is waartegen ik bezwaar zou maken voordat het überhaupt gebeurt. En als dat zo is, kan ik me daar van distantiëren. Misschien moet ik niet meteen van het ergste uitgaan. Ik heb alleen gewoon het gevoel dat hij me met dat contract om de tuin heeft geleid.'

'Ik wed dat zijn advocaten hem zulk soort contracten laten opstellen. Tenslotte is hij miljardair.' Ze zei maar niet dat Jace deze verwarring had kunnen voorkomen als hij voor hun tripje het contract heel zorgvuldig had doorgelezen. Ze wilde hem niet nóg bozer maken.

'Ik denk nog steeds niet dat hij objectief gaat zijn. Hij gaat heus niets slechts over zichzelf zeggen.'

'Het is misschien dan maar een zegen dat je ghostwriter bent. Je hoeft je tenminste geen zorgen meer te maken over de inhoud, aangezien jouw naam niet op het boek staat. Ik weet dat het niet ideaal is, maar waarom zou je het niet proberen? Je kunt stoppen zodra je je er ongemakkelijk bij voelt of te veel concessies moet doen. Maar ga niet van het slechtste uit. Nog niet, tenminste.' Ongeacht of Jace ging samenwerken met Batchelor of niet, hun vliegtuig ging pas zondag. En ze hadden vervoer nodig vanaf hier om naar het vliegveld van Sinclair Junction te komen.

'Ach, je hebt wel gelijk.' Jace zette zijn glas op de schoorsteenmantel en gooide nog wat houtblokken op het vuur.

'Het feit dat Batchelor jou heeft uitgekozen is op zich een compliment. Hij heeft geld genoeg om iedereen die hij wil in te huren.' Wel jammer dat Jace nu heel anders keek naar zijn idool.

'Dat is ook zo.' Jace kwam bij haar staan en keek naar buiten. 'In ieder geval heb jij het naar je zin.'

'Natuurlijk. Kijk eens om je heen.' Hun luxe blokhut zou in een kuuroord in de bergen duizenden dollar per nacht kosten. Hij was groter dan hun eigen huis en de vloerverwarming en de wollen kleden op het leisteen maakten het allemaal zeer weelderig. Het spectaculaire uitzicht vanaf de rots was in een woord schitterend.

Kat deed de schuifdeur open en stapte naar buiten het terras op. In minder dan een uur had zich een dikke sneeuwlaag gevormd op de rotsen. Boven de vallei hing lage bewolking, die een mystieke, vreemde sfeer opriep. Er bewoog niets en alles was stil; de vogels zaten weggedoken in hun nest nu het steeds harder begon te sneeuwen.

Ze rilde en ging weer naar binnen. 'We hebben nog een paar uur voor het diner. Laten we een wandeling in de sneeuw gaan maken. Dan kun je wat stoom afblazen.'

'Alles op zijn tijd.' Jace trok Kat mee naar de slaapkamer. 'Hier kunnen we ook relaxen.'

Dat was niet helemaal wat ze had bedoeld, maar het was binnen absoluut een stuk warmer dan buiten en ze had het gevoel dat de temperatuur nog wat ging oplopen. 'Is dit niet heerlijk rustig? Ik zou uren naar de vallende sneeuw kunnen kijken,' zei Jace.

Kat ging dicht tegen Jace aan liggen. De omgeving stond in behoorlijk contrast met het regenachtige Vancouver. Het winterse landschap bracht haar in kerststemming. En het mooiste was dat ze alles kon zien vanaf hun gerieflijke kingsize bed. De sneeuwvlokken waren nu groter en het uitzicht op de vallei bleef verborgen. Misschien was het toch beter om binnen te blijven.

Jace ging opeens rechtop zitten. 'Wacht, is dat Ranger niet?' Hij wees naar het keukenraam. 'Wat doet hij nu buiten in de kou?'

Misschien was hun blokhut toch niet zo afgelegen als ze eerst had gedacht. Een meter of vijftien van het huis, net voorbij de bomen, zag ze de gestalte van Ranger en die van een andere, kleinere man. Ze stonden naast een sneeuwscooter op wat leek op een toegangsweg, waarschijnlijk een deel van de weg waarover zij waren gekomen.

'Het lijkt wel of ze ruzie maken,' zei Kat. De kleinere man maakte boze gebaren toen hij op de sneeuwscooter ging zitten.

Jace liep naar het raam om beter te kunnen kijken. Kat liep achter hem aan. Vanaf waar zij stonden konden ze de mannen zien zonder zelf gezien te worden. Ze konden niets van het gesprek verstaan, maar het was zonneklaar dat Ranger de andere man opdracht gaf om iets te doen. Maar dat kwam niet zo goed over. De man sprong van de sneeuwscooter en stampte door de sneeuw op Ranger af. Hij maakte wilde gebaren en schreeuwde naar Ranger.

Ranger pakte de man bij zijn armen en trok ze naar beneden. Hij duwde hem weg.

De man wankelde even, maar hervond zijn evenwicht. Ranger duwde hem opnieuw weg en hij viel op zijn rug in de sneeuw naast de scooter.

De sneeuwscooter had een klein aanhangertje. Scooter en aanhanger waren zwaarbeladen met kartonnen dozen. Op de dozen stonden grote, rode letters, maar het was te ver weg om goed te kunnen zien wat er op stond.

De man duwde zichzelf omhoog, met één arm op de dozen. Hij zei iets tegen Ranger, maar dit keer wat rustiger.

Ranger gooide zijn armen in de lucht en stormde weg richting het landhuis. Na een paar minuten kwam hij weer terug op een tweede sneeuwscooter. De twee mannen reden snel weg met Ranger voorop. Ze lieten een spoor van opstuivende sneeuw achter.

'Jace?'

'Hmm?'

'Is het niet ironisch dat onze vriend de milieuactivist een groot landhuis heeft dat tonnen aan energie verstookt? En al die voertuigen? Hoeveel milieuactivisten hebben er nu een eigen vliegtuig?'

'Daar heb je een punt.'

'Vraag hem ernaar.'

Jace snoof. 'Dat kan ik niet maken.'

'Hoezo niet? Je bent dan wel zijn ghostwriter, maar dat betekent nog niet dat je gemuilkorfd bent. Waarom wil je hem geen lastige vragen stellen?'

Jace wierp haar een blik vol twijfel toe.

'Je checkt gewoon de feiten,' zei Kat. 'In zijn boek móét hij er iets over zeggen, want anders doen anderen dat wel. Zo kun je hem ervan overtuigen het hele verhaal te vertellen. Zelfs al staat jouw naam niet op het boek, dan kun je nog steeds trots zijn op hoe het geschreven is en wat er in staat.'

'Tja, ik kan het hem best vragen. Het ergste wat er kan gebeuren is dat hij me vraagt op te krassen. En dan moet hij ons toch laten terugvliegen naar huis.' Hij glimlachte. 'En dat is eigenlijk ook precies wat ik wil.'

'Vraag het hem zo vriendelijk mogelijk.' Ze omhelsde hem. 'Ik wil een beetje genieten van ons verblijf hier voordat je ervoor zorgt dat we niet meer welkom zijn.'

'Ik doe mijn best, maar ik kan je niets garanderen als het inhoudt dat ik concessies moet doen aan mijn normen en waarden. We kunnen maar beter nu genieten voordat het te laat is.'

En dat was precies wat Kat van plan was.

$$3$$

Zaterdagmorgen was het helder en zonnig. Kats maag rammelde, maar ze maakte zich een beetje zorgen over hun ontbijt in het landhuis, samen met Batchelor. Gisteravond waren ze uiteindelijk in de blokhut gebleven en hadden daar wat te eten klaargemaakt. Jace had nog veel liggen nadenken over wat hij nog steeds zag als het bedrog van Batchelor ten aanzien van het contract. Ze wist niet zeker of hij zich vandaag wel zou kunnen inhouden.

Het enige wat hij moest doen was een weekend nauw samenwerken met Batchelor om zo honderdduizend dollar op te strijken. Het lag natuurlijk wel wat ingewikkelder. De twee mannen zouden dit weekend het eerste concept afmaken. Jace zou in de komende maanden die versie redigeren en bijschaven en er een compleet manuscript van maken.

Jace had echter niet alleen gerekend op de lucratieve beloning, maar ook op de naamsbekendheid die het hem zou opleveren als gepubliceerd auteur. Daar ging het hem voornamelijk om. Als hij als ghostwriter fungeerde, stond alleen de naam van Batchelor op het boek. Van zijn bijdrage aan het boek zou niemand iets weten; hij zou anoniem blijven.

Hoewel ze het Jace niet kwalijk nam dat hij zich misleid voelde door Batchelor, had hij wel een contract getekend. Jammer genoeg had hij de kleine lettertjes niet goed gelezen. Ze had het hem gisteravond toch maar verteld. Afspraak was afspraak en hij moest zijn verplichtingen nakomen. Hij hoefde Batchelor alleen dit weekend maar te verdragen; morgenavond zouden ze weer teruggaan naar Vancouver.

Batchelor zat al aan tafel in de eetkamer toen Kat en Jace voor het ontbijt in het landhuis arriveerden. Hij praatte in een headset en knikte hen ondertussen toe. Net als de meeste magnaten werkte hij de hele dag door. Kats zorgen over een mogelijk ongemakkelijke sfeer waren wat betreft Batchelor niet nodig. De magnaat toonde in ieder geval geen enkele vijandigheid.

Kat keek naar Jace. Hij liet zijn boosheid niet zien. Nog niet. Hij hield zichzelf in toom, maar het lukte maar net. Zag zij dat omdat ze hem zo goed kende, of voelde Batchelor de spanning ook? Hoelang zou het duren voordat Jace zich niet meer kon inhouden? Hij zou het niet gemakkelijk vinden om zijn kalmte te bewaren als hij de hele dag nauw met Batchelor moest werken.

Dennis Batchelor had blijkbaar al ontbeten, of besloten het ontbijt over te slaan. Hij had een glas ijswater naast zich staan en een stapel mappen voor zich liggen. Hij maakte zijn telefoontje af en dronk zijn glas water leeg voordat hij zich tot hen richtte. Hij vermeed zorgvuldig oogcontact met Jace, maar glimlachte wel naar Kat. 'Goedemorgen.'

'Goedemorgen,' antwoordde ze. De onuitgesproken spanning was op zijn minst ongemakkelijk te noemen. Kennelijk was Dennis zich nu toch bewust van Jace' stemming. Ze zaten dan wel lekker in een zeer luxueuze omgeving, maar dit zou op deze manier weleens een heel lang weekend kunnen gaan worden.

De ongemakkelijke stilte werd steeds merkbaarder toen ze tegenover Jace aan tafel ging zitten. Dennis stond op en liep naar de koelkast. Op de marmeren vloer hoorde ze het klikkende geluid van zijn schoenen, wat het ontbreken van enige conversatie nog eens benadrukte. Hij zette zijn glas onder de ijsblokjesmachine en Kat hoorde ijsblokjes in zijn glas vallen. Hij liep terug naar zijn stoel en draaide de dop van een fles water – alles zonder een woord te zeggen.

De stilte was ondraaglijk. Kat keek de kamer rond en probeerde iets te bedenken om over te praten. Ze verbaasde zich erover dat er bij iedere plek aan tafel een flesje water stond. 'Heb je hier geen kraanwater?'

'Niet sinds de waterleiding kapot is gegaan. Het komt door het koude weer van de afgelopen tijd. Dit is een tijdelijke oplossing totdat de leiding weer gemaakt is.

Kat deed een fles open en vulde haar glas. Water in flessen was wel een beetje zonde in deze omgeving vol gletsjers en sneeuw – precies de beelden die je bij wijze van slimme verkooptruc kon vinden op het etiket van mineraalwater. Ze keek uit het raam naar de sneeuwduinen van wel een meter hoog buiten het landhuis.

Daar zat voldoende vers water in. Het smelten van sneeuw was vast niet erg efficiënt, maar het laten aanvoeren van water in flessen per vrachtwagen of vliegtuig was dat zeker weten niet.

Batchelor moest haar gedachten hebben geraden. 'Ons kraanwater komt van een meer waarin een gletsjer uitstroomt. Het is heel jammer dat je dat nu niet kunt drinken.'

'Ik probeer het wel in de stad.'

Hij schudde zijn hoofd. 'Dat kan ook niet. De kapotte waterleiding is bij het meer, niet hier bij het landhuis. Ik ben bang dat je op dit moment nergens in de buurt water uit de kraan kunt drinken.'

'Aha. En de leiding kan in deze tijd van het jaar zeker niet worden gerepareerd.' Het weer was te koud en aangezien de weg was afgesloten, zou het waarschijnlijk heel lastig worden een aannemer te vinden die bereid was om hartje winter naar het afgelegen gebied toe te komen.

Batchelor zei niets.

De kok had op bestelling op verschillende wijze bereide eieren voor hen klaargemaakt en ze schepten hun bord op met wat het uitgebreide ontbijtbuffet te bieden had. Er waren allerlei kazen en broodsoorten en zelfs verse zalm. Er was zo veel te eten dat Kat zich afvroeg of er nog meer gasten zouden komen. Dat zou best prettig zijn, aangezien haar huidige tafelgenoten nou niet bepaald spraakzaam waren.

Kat veranderde van onderwerp. 'Ik denk dat ik vandaag een eind ga wandelen. Zijn er goede routes in de buurt?' Terwijl Jace en Dennis de hele tijd aan het werk waren, zou zij zo veel mogelijk uit haar dag halen. Als de beide mannen eenmaal alleen waren, zouden ze wel gedwongen zijn met elkaar te praten.

'Niet echt. Er is hier in de buurt niet veel te doen, maar Ranger kan je wel naar het dorp brengen als je daar zin in hebt.'

'Dat zou ik heel leuk vinden.' Kat veerde op bij de gedachte terug te kunnen gaan naar het stadje met zijn leuke, oude winkeltjes en cafeetjes in de hoofdstraat. Die had er best gezellig uitgezien. Misschien was er wel een winkel met outdoorspullen. Ze kon een paar uur rondkijken in de winkeltjes en daarna een wandeling maken in de omgeving. Batchelors opmerking over 'het dorp' verbaasde haar wel, omdat het haar had geleken dat Sinclair Junction minstens een paar duizend inwoners had.

'Ranger moet je dan wel brengen met de sneeuwscooter, omdat de weg door de sneeuw van gisteravond is afgesloten.'

Dat was nog beter. Ze had nog nooit op een sneeuwscooter gezeten.

Heel toevallig verscheen Ranger net in de deuropening. Hij had hun gesprek vast gehoord en op de een of andere manier vond Kat dat niet zo prettig. Ze had gemengde gevoelens jegens hem, nadat ze hem gisteren ruzie had zien maken met die onbekende man.

'Ik wist niet dat er een andere manier was om hier te komen.'

'Het is niet meer dan een landweggetje. We kunnen niet alleen afhankelijk zijn van de hoofdweg, vooral niet in de winter. Dan is hij vaak dicht vanwege lawines en rotsverschuivingen. Soms duurt de afsluiting dagen, soms zelfs weken. Als de weg 's winters wel open is, is hij door de sneeuw vaak verraderlijk. Daarom hebben we jullie per vliegtuig laten komen. Zelfs in de zomer kan de reis van Vancouver hiernaartoe neerkomen op negen uur rijden.'

'Ik dacht eigenlijk dat Sinclair Junction groter was. Het lijkt me echt een stad.'

'Oh, ik had het ook niet over Sinclair Junction. Er ligt een dorpje hier in de buurt, Paradise Peaks. Daar gaat het weggetje naar toe.'

'Ik heb op weg hiernaartoe helemaal geen dorpje gezien.' Kat had überhaupt geen enkel teken van leven gezien. Behalve dan natuurlijk die actievoerders, die ergens vandaan moesten komen.

'Het dorpje bevindt zich in de tegenovergestelde richting van de weg waarover jullie gekomen zijn. Het stelt niet echt veel voor, maar er is een kleine winkel. Het dorp ligt een kilometer of drie hiervandaan.'

Ze was teleurgesteld nu ze besefte dat ze niet de kans zou krijgen om het historische stadje te verkennen. En ze kon ook niet gaan winkelen als er maar een enkele winkel was. 'Zo dichtbij? Dan wandel ik er misschien wel naartoe.' Ze keek ernaar uit de frisse berglucht in te ademen en wat beweging te krijgen. Dat was tenminste iets om te doen vandaag.

'Je kunt er niet naartoe lopen. Er is geen weg en er ligt te veel sneeuw. Je zult het landweggetje moeten nemen, maar wel op de sneeuwscooter. Je zou het nooit zelf kunnen vinden.'

'Dat klinkt goed, Dennis. Ik neem het aanbod aan.' Ze wierp een zijdelingse blik op Jace, die net deed of hij verdiept was in een tijdschrift terwijl hij zat te eten. Zij bleef zich flexibel opstellen, ook al liep het allemaal niet zoals ze had verwacht.

'Ik denk dat je het dorpje wel leuk zult vinden. De winkel bestaat al sinds 1800,' zei Dennis. 'Je kunt er alles krijgen wat je maar wilt, van gereedschap en jachtuitrusting tot lokale honing. Mensen die kilometers verderop wonen gaan er ook naartoe.'

'Het is hier allemaal zo afgelegen, net alsof er bijna niemand woont. Waar hebben ze zich allemaal verstopt?' Ze hoopte dat de dorpsbevolking niet alleen uit die geflipte actievoerders zou bestaan.

'Schijn bedriegt. Er wonen honderden mensen binnen een straal van een kilometer of vier, maar ze wonen verspreid over boerderijen. Je ziet hen niet direct, maar ze zijn wel in de buurt.'

Kat vroeg zich af hoe al die aan het zicht onttrokken mensen in hun bestaan voorzagen. Er gingen geruchten dat er in de heuvels een aantal illegale marihuanakwekerijen gevestigd waren. Ze dacht niet dat er verder in de buurt enige industriële activiteit was. De mijnbouw was ooit van grote omvang geweest, maar was in het midden van de vorige eeuw in elkaar gestort. Misschien was marihuana ervoor in de plaats gekomen. Ze besloot maar niet te vragen naar mogelijke marihuanakwekerijen en praatte in plaats daarvan verder over koetjes en kalfjes. 'Ik snap wel waarom je het hier prettig vindt. Het is allemaal zo rustig en vreedzaam.'

'Dat is wat we graag willen,' zei Dennis. 'De meeste mensen komen hiernaartoe om te ontsnappen aan de drukte van alledag.'

'Ben je er klaar voor?' Ranger glimlachte naar Kat.

Ze grijnsde. 'Ik pak mijn jack en mijn andere spullen even.'

'Mooi zo, ik zie je zo meteen buiten.'

Kat zei gedag tegen Jace en Dennis, blij dat ze kon ontsnappen aan de ongemakkelijke stilte.

Een paar minuten later zat Kat achter Ranger op de sneeuwscooter. Ze zoefden door de verse sneeuw; het zonlicht schitterde op het stuifspoor van sneeuw dat werd opgeworpen door de scooter. De lawaaierige motor belette het voeren van een gesprek, iets wat Kat prima uitkwam. Ze vond Ranger nog steeds maar een vreemde vogel. In plaats daarvan bewonderde ze het winderlandschap, terwijl ze zich voortbewogen over het golvende terrein.

De weg voerde hen over een open plateau dat zich mijlenver leek uit te strekken. Met sneeuw bedekte bomen stonden aan een kant van het plateau, terwijl aan de andere kant, ongeveer een kilometer bij hen vandaan, rotsen een diep ravijn markeerden.

Ze staken het plateau over langs de rand van het bos totdat ze van lieverlee door het bos reden en de rotsen uit het zicht verdwenen.

Na een minuut of twintig te hebben gereden kwamen ze met piepende remmen tot stilstand. Een paar meter voor hen lagen bomen dwars op het landweggetje. Ranger zette de motor uit en draaide zich om naar haar.

'Ik zag het bijna te laat. Ze zijn weer bezig geweest.' Hij sprong van de scooter af en liep op de gevallen bomen af. Binnensmonds vloekend probeerde hij er een weg te schuiven, maar hij kreeg het niet voor elkaar.

'Wie zijn "ze"?' vroeg Kat.

'De actievoerders uit de stad zijn ertegen dat mensen hierlangs komen. Niet dat ze daar ook maar iets over te zeggen hebben. Dit is de openbare weg en ze hebben het recht niet om die te blokkeren.'

'Waar protesteren ze tegen? Tegen hetzelfde als de plaatselijke actievoerders?'

Ranger ging niet in op haar vraag. 'Ik moet je helaas terugbrengen naar het landhuis.'

'Jullie hebben hier in de buurt wel een hoop boze mensen. Hangt er iets in de lucht?' Het commentaar van Ranger maakte een einde aan haar idee van relaxte, marihuanaverbouwende hippies.

'Zoiets, ja.' Hij draaide de sneeuwscooter om en ze gingen terug naar het landhuis. Al gauw waren ze weer bij het hek dat rond Batchelors landgoed stond. Ranger stapte van de sneeuwscooter en deed de poort open.

Kat speelde even het idee om te gaan kijken hoe het met Jace en Dennis ging, maar ze besloot dat niet te doen. Bovendien genoot ze van de frisse lucht van deze winterdag en het zou jammer zijn om niet een beetje rond te kijken. 'Misschien loop ik hier nog even een rondje om een frisse neus te halen.'

'Als je dat graag wilt. Je moet alleen niet van het landgoed afgaan.' Hij wees naar een lichte glooiing die wegliep van de bergen in de richting waar zich de actievoerders hadden bevonden. 'Zie je het einde van die open plek?'

Kat knikte. Er stonden minder bomen en het licht straalde er doorheen.

'Daar loopt een pad. Als je dat volgt, kom je bij de weg. In plaats van de weg te volgen, steek je hem over en loop je door op het pad. Het is een rondwandeling, dus je kunt die volgen tot je weer terug bent bij de open plek. Er is een leuk klein meertje aan het eind van de lus.'

'Oké.' Waarom hadden Ranger en Dennis die wandeling niet

eerder genoemd? Tenslotte was dat wat ze oorspronkelijk had willen doen.

'Dan spreken we hier weer af en dan breng ik je terug.' Ranger keek langs haar heen toen het geluid van naderende sneeuwscooters te horen was. 'Nu moet ik eerst een paar andere dingen afhandelen.'

'Oké. Ik ben terug over...'

'Doe maar een uur.' Ranger wendde zich abrupt van haar af en startte de motor. Hij racete weg in de richting van de andere voertuigen zonder nog een woord te zeggen.

Oké dan. Dat was duidelijk: hij had geen tijd of zin meer om met haar te praten.

Het geluid van de sneeuwscooters stierf weg in de verte toen Kat met haar wandeling begon. De sneeuw weerspiegelde het heldere zonlicht en er was niets te horen met uitzondering van haar voetstappen. De sneeuw van vannacht was vers, zacht en wollig. Alleen haar voetsporen waren te zien in een verder uitgestrekte, witte vlakte.

Tien minuten later was ze bij het begin van de rondwandeling. Het bomendek had het pad deels beschermd tegen de sneeuwval, dus was het wandelen gemakkelijker dan op het weggetje waar ze met de sneeuwscooter overheen waren gegaan. Na vijf minuten zag ze door de bomen de weg en na nog een paar minuten was ze bij het meer. Dat was nogal een anticlimax. Ranger had heel duidelijk de lengte van de wandeling verkeerd ingeschat of haar conditie... of beide.

Wat nu? Ze had nog vijfenveertig minuten over voordat Ranger terug zou komen – heel wat tijd om te doden. Ze ging terug en liep het pad nog maar een keer af. Ze zag heel goed de diepe sneeuwduinen die zich om de bomen hadden gevormd. De sporen van konijnen en andere kleine dieren liepen parallel aan het pad. En waar kleine wilde dieren zaten, waren er waarschijnlijk ook roofdieren. Welke roofdieren kon je verwachten op een bergplateau? Wolven... misschien lynxen? Hielden die haar nu in de gaten?

Ze huiverde toen ze besefte dat roofdieren zich met opzet stilhielden. Ze waren stil om te kunnen overleven. Maar als er roofdieren dicht bij haar in de buurt waren, bleven ze onzichtbaar.

Kat was zich nu sterk bewust van de stilte. Er waren geen zangvogels te horen, aangezien het hier voor de meeste vogels te koud was in de winter. Maar ze zag ook geen haviken of andere vogels. Ze ontspande zich een beetje toen ze besefte dat op de roofvogels na alle vogels zuidwaarts zouden zijn getrokken in verband met de winter. Vogels die dat niet hadden gedaan zouden zich nu ophouden op lagere hoogte, waar het minder koud was. Het dikke sneeuwdek beperkte in sterke mate de voedselbronnen voor zowel roofdieren als hun prooi. De dieren in het gebied hielden of hun winterslaap of waren het grootste deel van de tijd verstopt in hun hol.

Haar gedachten maakten de stilte echter niet minder drukkend. Ze deed de wandeling nog een paar keer. Het enige interessante was het meer, hoewel dat niet zo veel voorstelde in de winter. Het was helemaal bevroren en omgeven door de met sneeuw bedekte heuvels. Geen vogels of planten, alleen maar een stil bos in de winter. Ze liep terug naar het begin van de wandeling. Nu was er bijna een uur verstreken, maar van Ranger was nog geen spoor te bekennen.

Ze hoorde ook nergens het geluid van een naderende sneeuwscooter. Ondanks de stilte had ze het vreemde gevoel dat ze werd gadegeslagen. Ze herinnerde zich Dennis' opmerking dat er hier in de buurt honderden mensen woonden. Waar hielden die zich dan allemaal verborgen?

Ze schrok toen er vlakbij iets bewoog in het struikgewas. Waarschijnlijk alleen maar een hert.

Misschien stelde ze zich gewoon aan. Ranger zou haar niet hiernaartoe hebben gestuurd als er gevaar was. Het kon geen kwaad om in afwachting van zijn komst nog een beetje verder te lopen, zolang ze maar wist welke richting ze uitging.

Ze zag een ander pad op een helling in de buurt en wilde dat ze dat eerder had gezien. Rangers kennelijke aanname dat ze meer inspanning niet aan zou kunnen ergerde haar. Het steile pad omhoog was precies wat ze nodig had: de beweging was goed voor haar hart en verschafte haar misschien een mooi uitzichtpunt.

Ze klom kwiek omhoog en stelde al snel vast dat het stijgingspercentage minstens tien procent moest zijn. De steile klim was echter ook een voordeel, omdat ze nu beter de plek in de gaten kon houden waar ze met Ranger had afgesproken. Zodra ze Ranger in het oog kreeg, kon ze snel weer naar beneden gaan.

Haar loopschoenen waren niet bedoeld voor sneeuw en ijs en ze gleed een paar keer uit bij haar pogingen grip te krijgen op de klim. Ze kreeg sneeuw in haar schoenen en had er spijt van dat ze geen beenkappen bij zich had om haar enkels droog te houden. Ze had niet echt goed nagedacht toen ze zich had aangekleed voor de tocht. Maar ze had er natuurlijk op gerekend dat ze naar het dorpje zou gaan, niet dat ze een berghelling op zou klimmen. Niet dat het wat uitmaakte, want ze liep toch geen risico om bevangen te raken door de kou. Binnen het uur zou ze terug zijn in de blokhut en warm kunnen worden bij de open haard.

Ze klauterde het laatste stukje helling op, helemaal bezweet in haar zware jack. Ranger was gek als hij dacht dat ze voor dat andere pad een uur nodig zou hebben.

Toen ze aan het einde van het pad was, bevond ze zich op een klein plateau. Op dat moment hoorde ze een geweerschot en verstijfde ze van angst. Ranger had het er niet over gehad dat er in de buurt werd gejaagd en ze had niets gezien wat wees op herten of ander wild. Maar waarom zouden er anders geweerschoten klinken in de vrije natuur?

Hoewel Ranger haar niet zou hebben achtergelaten op een plek waar werd gejaagd, had ze zijn aanwijzingen niet echt opgevolgd. Ze was wel een eindje weg van waar ze hadden afgesproken. Ze had dit pad niet moeten nemen. Haar jack was niet goed te onderscheiden van de omgeving. Stel dat de jager haar bewegingen had opgevat als die van een wild dier!

Ze bleef stokstijf staan, niet wetend wat ze moest doen. Haar intuïtie zei haar dat ze terug moest gaan naar het pad om dekking te zoeken, maar ze wist niet zeker waar het geweerschot vandaan was gekomen. Ze moest zien weg te komen van de schutter, maar iedere onverwachte beweging zou hem of haar een nieuw schot kunnen doen lossen.

Moest ze Ranger uit haar hoofd zetten en op eigen initiatief terugkeren naar het landhuis? Ze besloot nog wat langer te wachten, in de hoop dat Ranger het schot had gehoord en snel zou terugkomen. Waar bleef hij in godsnaam? Volgens haar horloge was hij nu tien minuten te laat.

Achter haar knapte een tak.

'Staan blijven of ik schiet.' Iemand duwde een geweer in Kats rug.

4

De stem van de vrouw was zacht maar beslist. 'Hou je handen zo dat ik ze kan zien.'

Een gewapende overval was wel het laatste wat Kat had verwacht in deze plattelandsregio.

Kat deed haar armen langzaam omhoog. 'Niet schieten. Ik ga al weg.'

'Doe wat ik je zeg. Draai je nu om. Langzaam.'

Kat deed wat haar werd gezegd en zag dat de loop van het geweer zich niet meer dan een centimeter of tien van haar borst bevond. Met haar blik volgde ze de loop van het geweer en ze keek in de staalblauwe ogen van een grijze vrouw, die er bijzonder fit uitzag. Ze was ongeveer vijftien centimeter korter dan Kat, maar gezien het geweer in haar handen was Kat niet van plan iets tegen haar te ondernemen.

De vrouw schuifelde wat heen en weer op haar langlaufski's en keek Kat boos aan.

Plotseling herkende ze Elke, de vrouw die ze waren tegengekomen bij de wegblokkade. 'Ik wilde niet...'

'Ik ben hier degene die praat.' Ze hield haar geweer op Kat gericht. 'Vertel me wie je bent en waaróm je hier bent.'

'Ik ben een gast van Dennis Batchelor. Volgens heb ik u gezien bij de wegblokkade...'

'Handen omhoog, zei ik!'

Kat gehoorzaamde. 'Volgens mij bevind ik me nog op zijn land, toch?' Ze was geen hek gepasseerd of een andere grensaanduiding om haar een ander idee te geven. Misschien waren er wel geen grenspaaltjes of zoiets. Hoe dan ook, als ze zich opstelde alsof ze zeker van haar zaak was, kon dat de situatie minder gespannen maken. Waar was Ranger in vredesnaam als je hem nodig had?

'Dat is nog maar de vraag.' Elkes geweer was veel te groot voor haar kleine lichaam. Dat gold ook voor haar rugzak. Een opvouwbare schep was vastgemaakt met koorden en een paar skistokken lagen bij haar voeten. Ze leek op alles voorbereid te zijn.

'Oké, dan zit ik verkeerd.' Ranger had niet precies aangegeven waar het landgoed ophield. Ze had er spijt van dat ze was afgeweken van de oorspronkelijke route.

'Daar heb je gelijk in.' Elke bewoog haar hoofd in de richting van het landhuis. 'Nu omdraaien en wegwezen.'

'Kunt u eerst dat geweer laten zakken?' Als Elke haar evenwicht verloor door haar zware rugzak, zou ze zonder dat te willen de trekker kunnen overhalen.

Elke snoof. 'En waarom?'

'Luister, het spijt me als ik u heb laten schrikken. Uw ruzie met Dennis Batchelor gaat mij niets aan en dat wil ik graag zo houden. Ik ga nu weg als u het geweer laat zakken. Ik ga me niet omdraaien zolang dat op mij gericht is.' Ze wilde Elke niet boos maken, maar die vinger op de trekker maakte haar bang.

Elke bleef gewoon staan. 'Maak jij ook deel uit van het plan? Ons weg zien te krijgen zodat Batchelor kan profiteren?'

'Ik heb geen idee waar u het over hebt. Ik ben hier alleen dit weekend. Mijn vriend werkt met Dennis aan een project.' Ze had weg moeten gaan toen ze nog de kans had. 'Ik denk dat ik nu maar moet gaan.'

'Wacht eens even... wat voor een project?' Elke kneep haar ogen samen.

'Mijn vriend is journalist,' zei Kat. 'Hij schrijft de biografie van Dennis.' Geweer of niet, dit ging Elke helemaal niets aan. Ze had geen zin verder in detail te treden.

'Ongetwijfeld staat die vol met leugens. Als je vriend daar echt mee bezig is.' Maar Elke liet het geweer een beetje zakken. Het was nu gericht op Kats voeten.

'Natuurlijk is hij daar mee bezig.' Kats hart bonsde. Ze liep het risico dat ze Elke nog bozer maakte, maar als ze niets zei, was dat misschien nog erger. De zaken konden snel uit de hand lopen als je te maken had met de een of andere idioot met een geweer zonder dat er verder iemand aanwezig was. 'Waarom zouden we hier anders zijn?'

'Kom niet aanzetten met mooie praatjes. Je bent net zo erg als Batchelor.' Elke ging een beetje anders staan. 'Voor jullie soort mensen draait alles om geld.'

'Ons soort mensen, wat bedoelt u?' Kat vond het helemaal niet prettig om op één hoop te worden gegooid met Batchelor. Ze richtte haar aandacht weer op het geweer. Zat de veiligheidspal erop? Zou het geweer kunnen afgaan? 'Voor de laatste keer, kunt u alstublieft ophouden uw geweer op mij te richten?'

Nu gaf Elke gehoor aan haar verzoek. Ze hield het geweer los in haar hand. 'Hoe kan Batchelor zichzelf een milieuactivist noemen en tegelijk uit winstbejag toestaan dat ons drinkwater wordt verontreinigd?'

'Waarom is een kapotte waterleidingbuis zijn fout?' Nam Elke het hem nu werkelijk kwalijk dat er een probleem was met het gletsjermeer?

'Heeft hij je dat verteld?' Elke schudde haar hoofd. 'Ik hoop dat je het water niet drinkt.'

'Ik drink water uit een fles. Ten minste tijdelijk, tot het probleem is opgelost.'

'Ik zou er niet op wachten. Dat water is al drie jaar niet in orde, vanaf het moment dat het residubekken van de mijn overstroomde en ons water verontreinigde. De mijnonderneming loste het probleem toen niet op, en nu al helemaal niet, nu de mijn "gesloten" is.' Met haar vingers maakte ze aanhalingstekens in de lucht. 'En zij maar zeggen dat het om economische redenen is.'

Elkes beschuldiging verschilde aanzienlijk van Batchelors verhaal. Drie jaar was wel een hele lange tijd om geen water uit de kraan te kunnen drinken. 'Ranger heeft me verteld over de mijn, maar volgens hem is het residubekken weer gerepareerd.'

'Natuurlijk zegt hij dat.' Elke snoof. 'De mijnonderneming heeft door middel van een halfbakken reparatie de kapotte bekkenmuur laten opknappen. Technisch gesproken hebben ze die gerepareerd, maar niet voordat ons grondwater al was verontreinigd.'

'Kan er geen sanering plaatsvinden?' De waterwegen en de bodem in de buurt van waar zich een milieuramp had voorgedaan moesten worden aangepakt en gesaneerd. Dat was de wet.

Elke schudde haar hoofd. 'Dat duurt jaren. De natuur moet zijn loop hebben. In de loop van de tijd lossen de verontreinigende stoffen op. Maar in de tussentijd kunnen wij geen water drinken of gewassen verbouwen.'

En tot die gewassen kon ook marihuana worden gerekend. Dat verklaarde mogelijk Elkes geweer.

'Ik kan me nu herinneren dat ik over die milieuramp gehoord heb. Er werd veel aandacht aan geschonken in het nieuws toen het gebeurde. Ik ben het vergeten toen de pers er niet langer over schreef.'

'Iederéén is het vergeten. De politici deden beloften en de mijnonderneming beloofde dat ze de zaken zouden aanpakken, maar alleen zolang de camera's op hen gericht waren. En ondertussen bleef alles bij het oude. Mensen werden ziek.'

'Maar dat was een paar jaar geleden. Weet u zeker dat het door het water komt?' Canada was niet bepaald een ontwikkelingsland. Er waren wetten die ondernemingen aansprakelijk stelden. 'De mijn kon toch niet draaien als het residubekken niet was gerepareerd?'

'Nou, jij bent vlug van begrip.' Elke keek haar met samengeknepen ogen aan. 'Dat zeg ik: de mijn is niet meer open. Ze zeggen dat de goudprijs te laag is en dat ze failliet zijn. De waarheid is dat ze met de overheid hebben afgesproken dat ze vrijuit zouden gaan als ze de mijn maar zouden stilleggen. Stoppen, en dan zouden ze niet worden vervolgd. En wat betekent dat voor ons?'

'Kunnen jullie de onderneming niet voor de rechter slepen?' Voor mijnbouw waren chemicaliën nodig, met inbegrip van cyanide, wist Kat. De bedoeling van een residubekken was dat de verontreinigende stoffen daarin werden opgevangen en bewaard. Als de onderneming het bekken kapot had achtergelaten, waren ze aansprakelijk voor de schade.

Elke schudde haar hoofd. 'Regal Gold is eigendom van een Chinees bedrijf. Voor de Canadese wet zijn ze niet aansprakelijk. Dat is één reden waarom ze de mijn hebben dichtgegooid. De andere is de lage goudprijs. Die moet dubbel zo hoog worden en dan speelt de mijn quitte. De eigenaren hebben er geen belang bij om de mijn te laten draaien, laat staan dat ze geld willen uitgeven aan sanering. Dus laten ze gewoon de zaak achter – ze geven hun investering op.'

'Ik snap het.' Maar dat had allemaal niets met Batchelor te maken.

'Oh ja? En heeft Batchelor je verteld dat hij van plan is ons allemaal weg te jagen? Hij denkt dat hij het langer uithoudt dan wij, door ons water te verontreinigen en onze banen af te pakken.'

Nu ging het weer over Batchelor. Elkes verhaal ging alle kanten tegelijk uit – diverse partijen hadden de schuld in haar versie van de gebeurtenissen.

'Ho even,' zei Kat. 'Batchelor heeft het water toch niet verontreinigd? Hij heeft nu zelf ook geen veilig drinkwater.'

'Hij heeft geld genoeg om water met vrachtwagens te laten aanvoeren. Wij niet.'

'Hij heeft ook heel veel last van het probleem met het water. Zelfs als wat u zegt waar is, is hij toch niet degene die de mijn exploreert? Moet u niet de mijn de schuld geven van de weigering om tot sanering over te gaan?'

'Hij móét er iets mee te maken hebben.'

'Waarom zou dat zo zijn? Heeft u daar bewijzen van?'

'Geen directe bewijzen,' zei Elke. 'Hij weet hoe hij zijn sporen moet uitwissen. Maar Ik weet waar ik het over heb.'

Dat betwijfelde Kat heel sterk. 'Hebt u contact opgenomen met de overheid? Er is wetgeving om bedrijven te dwingen zich aan de regels te houden.'

'Ze zijn er allemaal bij betrokken. Ze dekken elkaar.' Elke ging anders staan. Haar geweer, dat tegen haar been had geleund, viel op de grond.

Kat schrok.

Elke bukte zich en pakte haar geweer weer op. 'Het zijn gewone mensen zoals wij die de prijs betalen.'

'Ik denk dat ik nu maar eens terugga naar het landhuis.' Ze kon Ranger beter uit haar hoofd zetten, waar hij ook uithing. Zodra ze buiten schootsafstand was van deze dwaas en haar samenzweringstheorieën zou ze het op een rennen zetten.

'Als ik jou was, zou ik me niet inlaten met die man. Je weet wat ze zeggen over "wie met pek omgaat".'

Kat knikte. 'Maar waarom zou Batchelor in deze zaak ergens schuldig aan zijn? Dit treft hem net zo zeer als u.'

'Hij noemt zichzelf een milieuactivist, maar je hoort hem niet over verontreinigd water in zijn eigen achtertuin. Wat hij had moeten doen is de pers waarschuwen en zeggen dat de verontreiniging nooit goed was aangepakt. Hij zou de juiste mensen kunnen benaderen om ervoor te zorgen dat het probleem wordt opgelost. Waarom heeft hij dat niet gedaan?'

Kat viel even stil. Daar had Elke wel een punt. Batchelor had het landhuis een aantal jaren geleden laten bouwen, voordat de ramp met het water zich voordeed. Nu was zijn "heiligdom" aangetast door water dat niet te drinken was. Het was inderdaad wel logisch geweest als hij daar ophef over had gemaakt. 'Denkt u soms dat hij iets met de mijn te maken heeft?'

'Alles wat ik weet is dat hij in staat is om iets te doen, maar niets doet. Als je het mij vraagt, is dat wel een beetje verdacht voor een milieuactivist.'

Kat speurde de horizon af, maar zag nog steeds geen teken van Ranger of de sneeuwscooter. Het was genoeg geweest: ze had wel wat beters te doen dan ruzie maken met een gewapende onbekende. Ze moest zich inhouden om niets te zeggen, maar het ging wat haar betreft te ver om Batchelor de schuld te geven. Het was een lokaal probleem en niet háár probleem, hield ze zichzelf voor. 'Ik moet nu echt gaan.'

Elke blokkeerde haar de weg. 'Ze kunnen de media en de overheid ook nog eens het zwijgen opleggen.'

'Niet de overheid.' Kat wist niet zeker wie ze bedoelde met "ze". 'Er bestaat wetgeving voor dit soort zaken. Niemand staat boven de wet.'

'Goh, jij bent naïef.'

'Nee, hoor. Het is niet moeilijk om verontreiniging te meten. Testresultaten liegen niet en als die er zijn, dan moet iemand daarover rapporteren.' Deze vrouw was knettergek. En ze had een geweer.

'Die kunnen worden gemanipuleerd. Batchelor houdt zijn mond dicht omdat hij er iets bij te winnen heeft.'

Hij hield zijn mond dicht omdat er geen probleem is. Kat durfde het niet hardop te zeggen. 'Tja, alles is mogelijk.'

Elke keek haar woest aan.

Kat probeerde het gesprek weer in veiliger banen te leiden. 'Waarom kunt u zelf niet de zaak aanhangig maken? U kunt toch naar de pers gaan. Wat houdt u tegen? Als wat u mij net hebt verteld waar is, dan zou u een grote samenzwering aan het licht brengen waarbij zowel het bedrijfsleven als de overheid betrokken zijn.'

Elkes gezicht betrok. 'Dat zou je wel denken, maar zoiets loopt altijd slecht af.'

Kat keek op haar horloge. Ze had al twintig minuten verdaan aan een geschil dat haar eigenlijk helemaal niet aanging. Waarom liet ze zich toch altijd in dit soort dingen meeslepen? 'Oké. Ik moet nu echt weg.' Als ze terugliep, zou ze hopelijk Ranger tegenkomen.

Aan Elke was duidelijk een steekje los, maar sommige van haar beweringen sneden wel hout. Rijke mensen als Batchelor accepteerden maar zelden grootschalig ongerief als dat weken duurde... laat staan jaren. Hoeveel milieuactivisten lieten er nu jarenlang mineraalwater aanvoeren met vrachtwagens?

Milieuactivisten lieten als het even kon hun landgoed in de vrije natuur niet in de buurt bouwen van een mijn. De Regal Gold-mijn was al actief in het gebied geweest lang voordat het landhuis van Batchelor werd gebouwd. Ze probeerde zich de nieuwsartikelen van drie jaar geleden weer voor de geest te halen. Ze kon zich niet herinneren dat de naam Batchelor toen was gevallen. Wel vreemd, gelet op zijn hang naar publiciteit.

Elke had gelijk als ze zei dat milieuactivisten normaalgesproken in opstand kwamen tegen milieurampen in hun eigen achtertuin. Kat tuurde over Elkes schouder. Ranger was nu meer dan een uur te laat en ze had geen mogelijkheid contact met hem of met wie dan ook op te nemen als ze geen bereik had.

'Vraag Batchelor maar eens wat hij vindt van de Regal Gold-mijn,' zei Elke. Ik durf te wedden dat je geen rechtstreeks antwoord krijgt.'

'U denkt echt dat hij op de een of andere manier iets met de mijn te maken heeft?' Als dat zo was, dan had Jace er misschien iets over gelezen als deel van zijn werk voor de biografie. Nu werd ze toch nieuwsgierig.

'Natuurlijk. Hij heeft gelogen toen hij zei dat de mijn gesaneerd was, want anders zou hij geen water uit flessen drinken.'

'Maar dat komt door een kapotte waterleidingbuis....'

'Kom op, dat is een keiharde leugen. Eerst dat residubekken, en vervolgens gaat de mijn dicht om te voorkomen dat er moet worden betaald voor milieuboetes en saneringskosten. De mijnonderneming heeft de mijn opgegeven omdat het te duur was om het residubekken te laten repareren. Mensen zijn hun baan kwijtgeraakt en zijn vertrokken. Het kleine groepje dat gebleven is, heeft recht op schoon drinkwater. Het enige wat kapot is gegaan, is onze toekomst.'

Beiden schrokken ze op toen ze voetstappen in de sneeuw hoorden knarsen. Kats hoop werd de bodem ingeslagen toen ze besefte dat het niet Ranger was die naar hen toekwam.

'Elke? Ik vroeg me al af waar je was. We moeten opschieten.' De man stelde zich voor. 'Ik ben Fritz Kimmel.' Hij sprak Engels met een zwaar accent. Hij stak zijn hand uit. Kat ging ervan uit dat Elke en Fritz een stel waren.

'Katerina Carter. Zeg maar Kat.' Ze schudde hem de hand.

Fritz was een stuk aardiger dan Elke. Hij leek ook een kalmerende invloed op zijn vrouw te hebben en daar was Kat hem dankbaar voor. 'We stonden te praten over de Regal Gold-mijn.'

'Ah,' glimlachte hij. 'Haar favoriete onderwerp. Heeft ze je verteld over het verontreinigde drinkwater?'

Kat knikte.

'Het gaat niet alleen om ons drinkwater. Het grondwater komt omhoog en dat heeft gevolgen voor het gras waarop ons vee graast en vervolgens weer onze melk en ons vlees. Maar de buitenlandse eigenaren zal het een zorg zijn.'

'Dat is wel heel ernstig,' gaf Kat toe. Het was triest dat Dennis Batchelor niet zijn invloed kon of wilde aanwenden om er iets aan te doen. Ze besloot het hem rechtstreeks te vragen als ze weer in het landhuis terug was.

'Maar het water en de mijn zijn niet jouw probleem. Je moet het Elke niet kwalijk nemen. Ze trekt zich deze zaak heel sterk aan.' Hij zuchtte. 'Zelf heb ik het achter me gelaten. Ik kan niets ondernemen tegen zulke machtige personen. Waarom ben jij hier?'

'Ik ben meegekomen met mijn vriend. Die doet wat werk voor Batchelor.'

Fritz' gezicht betrok. 'Is dat echt zo?'

Kat had onmiddellijk spijt van haar woordkeuze, die van Jace een werknemer van Batchelor maakte. 'Hij schrijft de biografie van Batchelor.' In feite ging het om een autobiografie die tot stand kwam met behulp van een ghostwriter, maar dat was niet van belang voor het stel. 'Batchelor zei dat het zijn missie was om de ongerepte natuur hier te beschermen.'

'Dan heeft hij het waarschijnlijk niet gehad over de weg die hij wil laten aanleggen. De weg waar de actievoerders uit de stad bezwaar tegen maken.'

'Weg? Welke weg?' Kat dacht terug aan de foto's op de wand van Batchelors landhuis. Als Fritz gelijk had met zijn bewering, wat was er dan gebeurd met de milieuactivist die zich had vastgeketend aan een boom? Zijn opmerkingen kwamen overeen met die van Elke.

Toch had Batchelor het niet gehad over een weg. Sterker nog, hij leek absoluut tegen alle bouwplannen in het gebied te zijn.

'Zo is het wel genoeg, Fritz. Laten we nu maar gaan.' Elke pakte haar partner bij de arm en trok hem mee, net toen het geluid van een sneeuwscooter dichterbij kwam.

Ranger.

Kat slaakte een zucht van opluchting toen de sneeuwscooter in het zicht verscheen. Ze draaide zich om afscheid te nemen van Elke en Fritz, maar die waren al weg geskied in tegenovergestelde richting. Dus liep ze maar op de sneeuwscooter af, met haar gedachten bij de mijn en de beweringen van het Duitse stel.

Ze was halverwege het pad naar beneden toen ze een luide knal hoorde en stokstijf bleef staan.

5

Vanaf de plek waar Kat stond zag ze heel duidelijk dat er een grote scheur in de berg was ontstaan: een enorme plak sneeuw was losgeraakt en er had zich een V-vormige breuklijn gevormd waar de sneeuw als het ware in elkaar zakte. De sneeuwmassa bleef daar even hangen, maar toen begon de zwaartekracht zijn werk te doen, alsof een natuurfilm in slow motion werd afgespeeld.

En de hel brak los.

Aan een kant stortte de sneeuw zich naar beneden als een pijl op weg naar zijn doel. Het doelwit bevond zich een paar meter van de plek waar zij en de Kimmels net nog hadden staan praten.

Een lawine.

De fractie van een seconde dat het stil bleef, leek een eeuwigheid te duren. Gezichten en plaatsen, herinneringen en beelden van de toekomst schoten door haar hoofd als een versneld afgespeelde film. Ze was zich volledig bewust van wat er stond te gebeuren, maar ze kon niets doen om het te voorkomen.

Er klonk nog een luide knal en toen kwam een tweede plak sneeuw de berg afzetten. De grond schudde en ze viel bijna om. De trilling ging vergezeld van een laag gerommel. Dat werd luider en overstemde bijna, maar niet geheel, het geschreeuw van Elke en Fritz. Het was alsof er een stuk van de bovenkant van de berg was afgesneden en van de helling was gegooid. De lawine werd groter, omdat hij meer sneeuw in zijn spoor meezoog. Hij werd ook breder toen de sneeuw van de berg afraasde.

Kat draaide zich om in de richting waarin Elke en Fritz waren vertrokken. De sneeuwmassa verbreedde zich tot een meter of dertig bij zijn razende tocht naar beneden. De sneeuw was maar een meter of twintig bij haar vandaan en ze was verstijfd van schrik. Niemand kon harder lopen dan een lawine.

Met haar ogen volgde ze het spoor en zag dat Elke en Fritz midden in de baan van de lawine stonden. Fritz struikelde en viel, toen ze wanhopig probeerden weg te komen.

'Help!' schreeuwde Elke toen ze Fritz bij zijn arm pakte en probeerde hem omhoog te trekken. Te laat.

De sneeuwmassa gleed met steeds hogere snelheid de berg af en werd massiever bij het naderen van het echtpaar. Dat beeld bevroor als het ware op Kats netvlies: de twee heel klein tegen een achtergrond van een enorme golf van sneeuw vlak boven hen.

Toen werden ze erdoor opgeslokt.

En ze kon helemaal niets doen.

Helemaal niets.

De lawine kwam ook op haar af. Ze schreeuwde en rende de andere kant op.

De bomen.

Alleen de dikke stammen konden voorkomen dat ze zou worden bedolven in een graf van ijs en sneeuw. Misschien zouden ze de kracht kunnen weerstaan van duizenden kilo's schuivende sneeuw. En misschien ook niet. De bomen stonden langs de kant van de verder kale glijzone, een duidelijk teken van de verwoestende kracht van eerdere lawines.

De bomen waren haar laatste hoop – maar alleen als ze daar op tijd wist te komen.

Het dichtstbijzijnde groepje bomen was maar tien meter weg, maar ze kon nauwelijks haar voeten bewegen in de diepe sneeuw.

Gewoon lopen had geen probleem opgeleverd, maar rennen vereiste een krachtsinspanning van enorme proporties. Bij iedere voetstap zonk Kat weg als in drijfzand.

Het gerommel werd luider en de lucht donkerder. De sneeuw kwam dreigend op haar af als een surfgolf op een Hawaïaans strand.

Ze moest rennen of ze zou sterven.

Het groepje naaldbomen was nu nog maar drie meter van haar verwijderd; de bomen leken nietig vergeleken met de lawine. Zelfs de bomen zouden kunnen bezwijken onder deze aanval van sneeuw, maar ze vormden haar enige kans.

Het trillen van de grond schudde haar door elkaar. Haar hart ging tekeer terwijl ze zichzelf vooruitdwong. Nog een stap, en nog een.

Zou ze het halen?

Ze richtte haar blik op de toppen van de bomen toen die heen en weer gingen door de komst van de eerste sneeuw.

Ze voelde sneeuwvlokken tegen haar wangen prikken, toen ze werd ingehaald door stuifsneeuw – de voorbode van de lawine.

Kat bereikte de bomen en zakte in elkaar in de holte vlakbij de stam, helemaal uitgeput. Ze ging met haar rug tegen de stam staan en bereidde zich voor op de sneeuw die op haar zou worden afgevuurd.

Een fractie van een seconde later beukte een muur van sneeuw tegen het groepje naaldbomen met een sissend geluid. Ze zag alleen maar wit om zich heen toen ijzige vlokken tegen haar onbedekte gezicht sloegen. Instinctief stak ze haar armen uit om de sneeuw af te weren. Overal op de berg hoorde ze een donderend geluid weergalmen, terwijl ze haar uiterste best deed om rechtop te blijven staan.

En net zo snel als hij op haar af was gekomen, was de lawine haar gepasseerd.

Ze zag een spoor van verwoesting om zich heen. Jonge bomen waren spoorloos verdwenen, met uitzondering van een paar bomen die op miraculeuze wijze aan de vloedgolf van vernieling waren ontsnapt. Ze keek omhoog en zag dat er takken weg waren van één kant van de boom waaronder ze beschutting had gezocht. Als de lawine een paar meter verder het bos in gekomen, zou ze dood zijn geweest. Ze rilde bij de gedachte.

Ze lag stil op de grond in de holle ruimte van een halve meter bij de stam onderaan de naaldboom, even compleet verlamd door de gedachte aan hoe dicht de dood haar op de hielen had gezeten. Toen kwam ze met moeite overeind, helemaal bont en blauw. Het enige wat ze nu wilde was Jace zien en zijn beschermende armen om zich heen voelen.

En ze moest hulp zien te krijgen. Hulp voor het echtpaar Kimmel.

Ze veegde de sneeuw van haar jack en zette de doodsgedachten uit haar hoofd. Ze moest helder nadenken. Zoekend keek Kat om zich heen. Zelfs hier aan de rand van de helling waar de lawine had huisgehouden, was de schade aanzienlijk. Alleen haar boom en één andere in de buurt stonden nog overeind. De andere bomen, een stuk of tien, waren gewoon afgebroken. Het was stom geluk dat ze een boom had gevonden die sterk genoeg was geweest om de kracht van de lawine te doorstaan.

Het was echt erop of eronder geweest.

Kat keek naar de top van de berg en zag dat er minstens een derde deel was verdwenen. De omvang van de lawine was groter geweest dan ze had vermoed. Ze volgde de baan van de lawine de berg af. Alles in haar pad was weggevaagd, het landschap volledig veranderd.

Weg was het bosje waar Elke en Fritz door hadden gelopen voordat ze de kale helling bereikten. De meeste andere bomen op de helling waren ook niet meer te zien, bedolven onder een tien meter dikke sneeuwlaag. De plek waar zij net nog had gestaan, had in de baan van de lawine gelegen. Als ze niet was weggerend, zou ze zijn bedolven.

De bomen boven haar hoofd zouden ook zijn geraakt als ze niet net een paar meter buiten de directe baan van de lawine hadden gestaan. De sneeuwwolken die haar hadden bedekt waren slechts meegezogen door de echte lawine en hadden daar geen deel van uitgemaakt.

Ze had geluk gehad. Op de juiste plek op de juiste tijd, toen het er echt op aankwam.

Een schreeuw bleef in haar keel steken toen ze een beweging bespeurde. Een paar skistokken gleden een paar meter de helling af tot ze bleven haken achter een kleine tak die boven de sneeuw uitstak. Vijf minuten geleden had die tak bovenaan een tien meter hoge naaldboom gezeten.

Afgezien van de skistokken verried het ongerepte sneeuwdek niets. Geen voetstappen, geen pad. Geen beweging.

Alle tekenen van menselijk leven uitgewist.

Afgezien van de skistokken.

Toen het echtpaar haar een paar minuten geleden had verlaten, had Elke haar geweer in één hand gedragen en haar skistokken in de andere. Haar skistokken lagen boven op de sneeuw omdat ze de polsbandjes niet had gebruikt. Nu was ze er niet meer.

Fritz had een klein stukje voor haar geskied, maar van hem restte ook geen teken van leven.

Ze had net nog met hen gesproken. En nu, in een flits, lagen ze begraven in een kerker van ijs. Tranen brandden in haar ogen toen Kat zo snel als ze kon naar de plek liep waar ze hen het laatst had gezien. Ze moest hen uitgraven voordat ze zouden stikken. Dat was praktisch onmogelijk zonder een schep om te graven of zender om vast te stellen waar ze zich onder de sneeuw bevonden. In feite had ze helemaal geen lawine- of reddingsuitrusting. En zonder bereik op haar mobiel kon ze zelfs niemand bellen.

Het enige wat ze kon doen was graven met haar handen.

Ze schreeuwde, in de hoop op een reactie.

Ze hoorde niets.

Kat stak haar handen in de sneeuw, maar dit was niet de sneeuw die ze had verwacht. Niet de verse, zachte sneeuw waarin ze gewandeld had. Deze sneeuw was hard en ijzig, oude lagen van bevroren en gesmolten sneeuw door veranderende weersomstandigheden. Het leek op cement en ze kon er bijna niet in graven. Bijna direct waren haar handschoenen doornat en haar handen helemaal ruw van het ijs.

Ze dwong zichzelf om door te gaan, in de wetenschap dat de levens van Elke en Fritz op het spel stonden.

Maar al snel besefte ze dat haar pogingen geen zin hadden. Ze konden nu al dood zijn. Er was geen enkel teken van leven gekomen van het echtpaar. Er was zelfs geen enkele aanwijzing dat ze zich bevonden op de plek waar ze hen het laatst had gezien.

De sneeuw had hen misschien wel drie meter of zelfs dertig meter meegesleurd voordat ze werden bedolven. Ze konden overal liggen.

Ze lagen misschien niet eens bij elkaar, afhankelijk van de hoek en de wijze waarop de sneeuw ieder van hen had geraakt. Hadden ze lawinepiepers bij zich gehad? Maar dat had alleen zin als er hier iemand met een ontvanger aanwezig was geweest.

'Hé! Kom hier. Nu!' Ranger schreeuwde haar toe en wenkte haar vanaf zijn sneeuwscooter. Hij had hem neergezet bij de twee resterende bomen.

'Nee, jij moet hierheen komen! Er liggen mensen onder de sneeuw. Zorg dat er hulp komt.'

'Ik heb via de radio al om hulp verzocht,' schreeuwde Ranger terug. 'Je moet daar weg, en wel nu meteen, voordat er nog een lawine naar beneden komt. De sneeuw op die helling is heel erg instabiel.'

'Ik moet hen eruit zien te krijgen. Heb je een schep?' De tijdsfactor speelde een beslissende rol. Ze moest íéts doen.

'Er is niets wat we kunnen doen zonder dat we onszelf in levensgevaar brengen. Je moet zo snel mogelijk hierheen komen.' Ranger sprak vervolgens in het radiotoestel en wenkte nogmaals naar Kat.

Een paar tellen later kwam er antwoord en hoorde ze een stem kraken. De radio stoorde en ze kon de woorden niet onderscheiden. En dat maakte haar ook niet uit. Ze dacht alleen maar aan Elke en Fritz.

'We moeten hen redden.' Ze had nog nooit persoonlijk een lawine meegemaakt, maar ze wist wel dat niemand zichzelf kon bevrijden zonder hulp van anderen. De sneeuw waaronder de slachtoffers begraven lagen, leek wel beton en ze zouden niet in staat zijn om hun armen en benen te bewegen. Zelf als ze heel dicht onder de oppervlakte lagen, waren ze niet te zien.

De weinige slachtoffers die een lawine wel overleefden, hadden meestal zendertjes en dan was er ook iemand in de buurt die heel snel kon handelen. Zelfs al er onmiddellijk scheppen en zendertjes konden worden ingezet, hielpen die niet in alle gevallen. De tijd speelde niet in het voordeel van de slachtoffers. Iemand die niet binnen een paar minuten werd gelokaliseerd en uitgegraven, stikte.

Elke en Fritz lagen hier ergens onder de sneeuw en konden zich niet bewegen. Konden ze haar stem horen, maar konden ze niets laten weten? Of was het al te laat?

'Ik hoorde de lawine naar beneden komen.' Ranger keek op van het radiotoestel. 'Ik heb contact gezocht met de opsporings- en reddingsbrigade gebeld, maar ik kan je nu al zeggen dat het voor hen te laat is. Jij kunt jezelf nog wel in veiligheid brengen, maar dan moet je wel heel snel hiernaartoe komen.'

Kat bleef staan waar ze stond.

'Kat,' klonk hij dringend. 'Het is al twintig minuten geleden. Ze zijn dood. Niemand blijft zo lang in leven onder de sneeuw.'

Twintig minuten? Het leken er minder dan vijf, maar door alles wat er gebeurd was, had ze de tijd die was verstreken waarschijnlijk onderschat. Ranger had gelijk, maar dat maakte het nog niet gemakkelijker. Kat ging rechtop staan en liep moeizaam naar Ranger en de sneeuwscooter toe, uitgeput en bedroefd.

'Waardoor is die lawine veroorzaakt?' Kat zocht de helling af op zoek naar aanwijzingen dat er zich skiërs of sneeuwscooters bovenaan de helling hadden bevonden, maar er was geen teken van enige menselijke activiteit.

Lawines waren zeldzaam in december. Ze kwamen vaker voor in de lente als de temperatuur fluctueerde, waardoor er een cyclus van vorst en dooi ontstond. Dat wist ze door Jace' werk als vrijwilliger bij de opsporings- en reddingsbrigade in de bergen ten noorden van Vancouver. Hoewel het klimaat in deze streek droger en kouder was dan in het kustgebergte van Vancouver, golden dezelfde principes voor alle lawines.

Lawines ontzagen niemand en ze maakten veel slachtoffers.

Ranger schudde zijn hoofd. 'Ik weet het niet. Soms worden ze veroorzaakt door de skiërs zelf. Ze worden aangetrokken door een brede, open ruimte en skiën dwars over de helling. Daar loop je het meeste gevaar, maar daar ligt ook de beste poedersneeuw.'

Elke en Fritz hadden echter nog maar nauwelijks het groepje bomen achter zich gelaten toen de lawine zich voordeed. En de sneeuwmassa was een heel eind boven hen gaan schuiven. Zij konden de lawine nooit zelf hebben veroorzaakt.

'Zou de opsporings- en reddingsbrigade hier nu al niet moeten zijn?' Ze wist niet goed raad met Rangers opmerkingen. Elke en Fritz kwamen hier uit de buurt, dus hadden ze ervaring met het gebied. Van wat zij zich herinnerde, skieden ze langzaam en niet agressief. Hoewel je het nooit wist met lawines, lag het niet voor de hand dat zijzelf door hun gedrag een lawine hadden veroorzaakt. Er klopte iets niet.

Ranger keek naar de lucht. 'De hulp komt via de lucht, met een helikopter. Ik had verwacht dat ze er al zouden zijn.'

Kat had nog steeds de vage hoop dat Elke en Fritz nog in leven waren, maar de klok tikte door. 'Kunnen we niet wat dichter naar de plek toe gaan? Alleen om een idee te krijgen waar ze zouden kunnen gaan zoeken. Het kan wel even duren. We zouden in ieder geval de hulpverleners kunnen vertellen waar ze ongeveer zijn bedolven door de lawine.'

'Misschien een klein stukje.' Ranger knikte. 'Zolang we dicht bij de bomen blijven en ook uit de baan van de lawine.'

Ze liep achter hem aan toen hij in een ruime cirkel om de plek heenliep waar zij kort geleden had gestaan. Ze liepen langzaam langs het struikgewas en de bomen aan de rand van de helling, op zoek naar een teken van het echtpaar of hun uitrusting. Afgezien van de skistokken was er geen enkele aanwijzing dat ze op een bepaalde plek waren bedolven.

Slachtoffers van lawines kwamen net als die van tornado's vaak terecht op een plek die ver verwijderd was van waar ze zich hadden bevonden. Elke en Fritz konden wel of niet in de buurt zijn bedolven en diep of minder diep onder de sneeuw liggen.

'Wat is dat?' Kat wees naar een donkergekleurd voorwerp, een meter of dertig onder hen. Ze wist het antwoord voordat Ranger iets kon zeggen. Het was Elkes geweer. Van haarzelf ontbrak ieder spoor.

'Dat betekent nog niet dat ze hier vlakbij ligt. Het geweer is boven op de sneeuw blijven liggen, omdat het minder weegt.'

Ze stonden op dezelfde hoogte als waar Elke en Fritz het laatst hadden gestaan, slechts een paar meter ervandaan. Kat speurde de sneeuw af maar zag geen teken van de sporen die ze hadden gemaakt voor ze door de sneeuw werden bedolven. Ze hadden midden in de baan van de lawine gestaan. De klap op zich had hen misschien al gedood, of in ieder geval het bewustzijn doen verliezen.

Kat wilde zich net wegdraaien toen ze de sporen zag.

'Hé, zie je dat?' Ze wees naar de sporen van een sneeuwscooter, tien meter boven hen. Vreemd, aangezien ze geen andere sneeuwscooter had gehoord. En Ranger was uit de tegenovergestelde richting gekomen. 'Denk je dat de lawine daardoor veroorzaakt is?'

Ranger schudde zijn hoofd. 'Die enorme plak sneeuw is gisteren afgebroken en heeft waarschijnlijk de lawine van vandaag veroorzaakt. Die skiërs hadden ook beter moeten weten.'

Het was vreemd dat hij dat zei.

Kat dacht terug aan Rangers eerdere opmerking. Hij had de persoon die het geweer bij zich had gehad 'zij' genoemd. Ranger was pas gearriveerd nádat de lawine naar beneden was gekomen. Hoe had hij geweten dat een van de slachtoffers een vrouw was en dat zij het was die een geweer bij zich had gehad?

'Gisteren?'

'Zoals ik al zei, het is gevaarlijk om hier te blijven staan.' Ranger keek naar de lucht. 'Ik heb geen idee waarom de helikopter er nog niet is, maar hoe langer we blijven, hoe meer risico we zelf lopen. Wie die skiërs ook waren, er is geen hoop meer dat ze nog in leven zijn.'

'Ik heb een van de skiërs herkend – Elke die gisteren bij de wegblokkade was. Haar man was hier ook. Ik heb nog een paar minuten met hen staan praten, vlak voor het ongeluk.' Ze moest iets wegslikken.

'Het is tragisch.' Rangers stem verraadde geen enkele emotie.

Kat vertelde hem over de discussie die ze met het echtpaar had gevoerd over de mijn. 'Ze hadden het over een weg die Batchelor wilde laten aanleggen. Weet jij daar iets van?'

'Ze willen niet dat die er komt, ook al heeft iedereen er baat bij. Ze doen net alsof ze het milieu willen beschermen, maar dat is niet zo. Het zijn marihuanatelers en een nieuwe weg vergroot de kans dat ze worden betrapt.' Hij keek naar de lawine. 'Tja. Daar is nu geen kans meer op.'

Kat huiverde. Nog steeds geen enkel teken van hulpverleners. 'Kun je hen niet nog een keer oproepen? Waar blijven ze toch?'

Zelfs in het onwaarschijnlijke geval dat Elke en Fritz zo verstandig waren geweest om hun armen uit te steken en zo hun gezicht te beschermen en een luchtzak te creëren, hadden ze nu geen overlevingskans meer. Niet dat ze die überhaupt hadden gehad. Hoe stom het ook was, Kat voelde zich schuldig omdat ze niet in staat was geweest hen te redden.

Ranger sprak weer in het radiotoestel en draaide zich daarna naar haar toe. 'Ze zijn nu bezig met een andere reddingsactie en zijn er over tien minuten.'

De moed zonk Kat in de schoenen. Ze besefte ineens hoe dubbel die weerstand tegen de nieuwe weg van Elke en Fritz was geweest. 'Die nieuwe weg had in dit geval in hun voordeel gewerkt,' zei ze verslagen. 'Maar dat konden ze niet weten.'

Ranger knikte ernstig. 'Je kunt de vooruitgang niet tegenhouden.'

Dat was niet precies wat Kat had bedoeld, maar ergens had Ranger wel gelijk.

6

Kat zat in een beklede fauteuil voor de haard in de grote ontvangstruimte van het landhuis, haar trillende handen om een kop vers gezette koffie gevouwen. Ze was nog steeds helemaal van slag als gevolg van de lawine.

Het was stom geluk dat ze niet was bedolven onder tonnen sneeuw.

Maar Elke en Fritz hadden een veel erger lot ondergaan. Zouden ze nog hebben geleefd als er op tijd hulp was gekomen? Dat zou ze nooit weten en ze was vreselijk ontdaan over het ongeluk. De mensen van de opsporings- en reddingsbrigade waren uiteindelijk gekomen, maar meer dan een uur nadat de lawine had plaatsgevonden.

'Je had er niet in je eentje op uit moeten trekken.' Jace zat op de rand van Kats stoel met zijn arm over haar schouder. 'Je hebt zo'n geluk gehad dat de lawine jou heeft gemist.'

Geluk? Zo voelde het niet.

Ranger stond naast de open haard; het water liep in stroompjes van zijn waterdichte broek. Op de zwarte leisteen bij zijn voeten lag een klein plasje. Dennis keek op van de tafel waarop notitieboekjes en papieren lagen en ook twee laptops stonden. De twee mannen hadden hun werk onderbroken nadat Kat en Ranger waren teruggekomen.

'Het was wel heel erg op het nippertje.' Ze rilde en vroeg zich af waarom Ranger haar niet had gewaarschuwd voor het instabiele sneeuwdek op de helling. Toegegeven, ze was natuurlijk wel een stuk afgeweken van de rondwandeling die hij had voorgesteld. Maar toch...

'Nog een paar meter verder en dan zou je er hier niet over zitten praten.' Ranger wendde zich vervolgens tot Dennis. 'Misschien is het toch niet zo'n goed idee als zij er alleen op uit gaat in deze tijd van het jaar.'

Ranger en Kat waren teruggekomen naar het landhuis toen de leden van de opsporings- en reddingsbrigade op de plaats van de lawine waren gearriveerd. Ze hadden niet veel meer gedaan dan vaststellen dat Elkes skistokken en geweer een bepaald traject hadden afgelegd. Zij hadden ook vragen gesteld over de sporen van de sneeuwscooter, maar noch Ranger noch zij had die kunnen verklaren.

De hele operatie werd nu beschouwd als een poging om lichamen te bergen en niet meer als een actieve zoektocht, omdat het duidelijk was dat er geen overlevenden konden zijn. Het hoofd van het reddingsteam had de tijd genoteerd die was verstreken sinds de lawine zich had voorgedaan en een inschatting gemaakt van het mogelijke risico voor de leden van de brigade.

Dennis knikte. 'Nu er zich verscheidene lawines hebben voorgedaan, is het waarschijnlijk het beste als je in de buurt van het landhuis blijft.'

Nou, dat was het dan wat betreft het verkennen van het woeste landschap. Maar ja, ze waren hier toch alleen maar het weekend.

Nu ze veilig en wel in het landhuis zat, had Kat eindelijk tijd om na te denken over het ongeluk. Stel dat ze Elke dertig meter verder op het pad had ontmoet... dan lag ze nu samen met het echtpaar onder de sneeuw.

'Het is zo jammer dat ze de helling op die manier zijn overgestoken.' Dennis schudde zijn hoofd. 'Dat was roekeloos, vooral gezien de sneeuwcondities hier in de buurt. Ze kenden die toch?'

Ranger knikte. 'Het risico van lawines is op dit moment heel groot. Waarom namen ze zo'n risico?'

Kat dacht terug aan het ongeluk. Ze had zich aan het randje van de baan van de lawine bevonden, maar de sneeuw die op haar afkwam had wel een stenen muur geleken. 'Elke en Fritz hadden geen enkele kans.'

'Het gebeurt zo vaak totaal onverwacht,' stemde Dennis in. 'Zelfs mensen uit de buurt zoals Elke en Fritz Kimmel zitten wel eens fout.'

Kat wendde zich tot Ranger. 'Jij hebt tegen mij niets gezegd over mogelijk gevaar.' Als Ranger zo bezorgd was, waarom had hij dan niets gezegd over het risico's van lawines toen hij haar afzette? Hoewel hij haar in de tegenovergestelde richting had gewezen, was ze toch niet ver weg geweest van de helling die Elke en Fritz hadden willen oversteken.

'Je bent niet op de rondwandeling gebleven die ik had voorgesteld. Bovendien was er deze winter nog niets gebeurd... niet tot nu toe.' Hij krabde aan zijn kin. 'En dan ineens twee lawines op een dag. Dat had ik nooit verwacht.'

Eigenlijk drie lawines, dacht Kat. Die halve van gisteren had toch een waarschuwing moeten zijn? Het onbestendige weer speelde waarschijnlijk een rol. De sneeuwstorm van gisteravond had het risico vergroot, omdat een dikke laag verse sneeuw op het bestaande sneeuwdek was gevallen.

De lawine van vandaag had twee mensen gedood. En hij had zich voorgedaan op de plek waar gisteren een grote plak sneeuw was afgebroken. Ranger deed wel alsof hij verbaasd was, maar zijn gebrek aan emotie was daarmee in tegenspraak. Vanwege de kleine lawine van gisteren had hij haar op zijn minst moeten waarschuwen toen hij haar afzette.

Er schoten zoveel vragen door haar hoofd waarop ze geen passend antwoord had. Het was gewoon vréémd hoe Ranger zich gedroeg.

'Gaat de politie ons nog vragen stellen?'

Ranger keek haar aan alsof ze gek was. 'Waarom? Het was een ongeluk.'

'Maar er zijn twee mensen om het leven gekomen.' Dat vroeg toch om een onderzoek, zelfs in deze afgelegen regio?

'Ik heb de zaken al geregeld,' zei Ranger. 'Ik heb de politie verteld over het ongeluk en dat heeft de opsporings- en reddingsbrigade ook gedaan. Ze kunnen sowieso de lichamen niet bergen voordat de sneeuw in het voorjaar gaat smelten. Het is anders te gevaarlijk.'

Afgezien van die paar minuten na hun terugkeer bij het landhuis was Ranger steeds bij haar in de buurt geweest. Ze had hem helemaal niet zien bellen. 'Maar hoe zit het dan met de plek van het ongeluk? Daar moeten ze toch wel naar kijken?'

'Dat is op dit moment te gevaarlijk. Het zou een nieuwe lawine kunnen veroorzaken. Ze beschikken al over ons verslag van het ongeluk en een onderzoek brengt de Kimmels echt niet weer tot leven.'

'Ehm... óns verslag?' Zij was ooggetuige geweest. Ranger was te ver weg geweest om meer te zien dan de nasleep van de lawine. 'Moeten ze niet rechtstreeks met mij praten?'

'Ik heb jouw gegevens doorgegeven.' Ranger wachtte even en voegde eraan toe: 'Ze nemen later contact met je op.'

'Maar ik wil nú met ze praten, nu alles nog vers in mijn geheugen ligt.' Geen verder onderzoek, terwijl de getuige van het ongeluk nog aanwezig was? Gevaarlijk of niet, dat leek toch verdacht veel op slordige onderzoeksmethoden.

Ze keek naar Dennis om zijn reactie te peilen, maar hij zat weer met gebogen hoofd verdiept in zijn aantekeningen. Ze besefte dat de tragedie voor hem ook gunstig was, aangezien zijn meest uitgesproken tegenstanders uitgeschakeld waren. Was dat toeval, of stak er meer achter?

Ze overlegde bij zichzelf of ze oom Harry zou bellen om wat onderzoek te doen naar wat het echtpaar Kimmel had beweerd. Hij was dol op dergelijk onderzoek, ook al had hij geen enkele opleiding gedaan om de speurneus uit te hangen. Hij had geen relevante diploma's of werkervaring, maar dat weerhield hem er niet van zijn neus te steken in alle zaken die zij in haar praktijk kreeg. Meestal droeg ze hem op eenvoudig onderzoek te doen als manier om hem bezig te houden. Ze voelde er weinig voor om zelf te Googlen op het netwerk van Batchelor, voor het geval dat die werden geregistreerd.

Uiteindelijk besloot Kat om oom Harry niet in te schakelen. Dan moest ze hem ook bellen met Batchelor's huistelefoon, want haar mobiel bleef problemen met het netwerk houden. Ze zou eerst zien wat ze zelf kon vinden. Tenslotte was het weekend. Oom Harry zou zich alleen maar zorgen maken als ze hem zou vertellen over de dodelijke lawine. Ze kon dat beter doen als ze weer veilig terug waren in Vancouver.

'Kwamen ze uit de buurt?' Jace fronste. 'Het is dan wel gek dat ze zijn overvallen door die lawine. In mijn tienjarige ervaring bij de reddingsbrigade heb ik dat nog nooit meegemaakt. Het gaat meestal om toeristen en onervaren trekkers; mensen die niet vertrouwd zijn met het gebied.'

'Ze waren al wel wat ouder,' zei Dennis. 'Ze hebben een verkeerde beslissing genomen. Misschien beseften ze gewoon niet hoe gevaarlijk de bergen kunnen zijn.'

Kat rolde nog net niet met haar ogen. Toegegeven, het echtpaar was inderdaad achter in de zestig geweest, maar ze waren fitter dan mensen die twintig jaar jonger waren. Kat schatte zo in dat Elke waarschijnlijk fitter was geweest dan zijzelf. Leeftijd speelde niet zo'n rol voor die twee, lichamelijk of geestelijk. 'Ik had de indruk dat hen geestelijk helemaal niets mankeerde,' mompelde ze.

'Hebben ze altijd hier in de buurt gewoond?' vroeg Jace.

Dennis knikte. 'In elk geval al heel lang. Ze zijn veertig jaar geleden uit Duitsland geëmigreerd en hebben sindsdien altijd hier gewoond. Fritz werkte bij de plaatselijke mijn, totdat hij een paar jaar geleden met pensioen ging.'

'Bij de Regal Gold-mijn?' Fritz had niet gezegd dat hij bij de mijn had gewerkt. Maar waarom zou hij ook? Ze hadden als onbekenden van elkaar maar een paar minuten staan praten.

'Ja, bij die mijn,' zei Dennis. 'Laat me raden: hij heeft je verteld over een samenzwering om de plaatselijke bevolking te vergiftigen.'

Kat aarzelde. 'Dat niet, nee, maar hij beschuldigde de mijn wel van nalatigheid. Hij vond ook dat jij een actievere rol had moeten spelen.'

Het gezicht van Dennis toonde even wat emotie. Een tel later zag ze niets meer. Hij wendde zich tot Ranger. 'Kun je vragen of we de familie financieel kunnen helpen met de begrafenis?'

'Weet je absoluut zeker dat de reddingsbrigade niets kan doen? Om in ieder geval de lichamen te bergen?' Kat stelde zich voor wat dit allemaal moest betekenen voor de nabestaanden.

Ranger schudde zijn hoofd. 'Te gevaarlijk.'

'Ze laten hen daar gewoon liggen?' Kat was bekend met de risico's door Jace' werk als vrijwilliger, maar de snelheid van Rangers oordeel verbaasde haar. 'Ik wil best teruggaan. Iemand moet het toch doen?'

Dennis schudde zijn hoofd. 'Het maakt geen verschil. Ze zijn om het leven gekomen en we kunnen hen niet meer helpen. Je hebt last van schuldgevoelens omdat jij het wel hebt overleefd en zij niet. Je moet afstand nemen.'

'Dat kan ik niet. We kunnen hen toch niet gewoon laten liggen!'

'Dat doen we ook niet,' zei Dennis. 'Als het weer wat kouder wordt en de sneeuwlagen stabieler, dan gaan we hen zoeken. Dat kan een paar dagen duren of een paar weken.'

Of nog langer, dacht Kat. Hij wilde gewoon dat ze erover ophield.

'Het klinkt erg hard, Kat, maar het is te gevaarlijk voor de hulpverleners.' Jace stond op en liep naar de tafel. 'Als mensen niet binnen een paar minuten onder de sneeuw vandaan gehaald worden, gaat het niet meer om een reddingsoperatie, maar om een bergingsoperatie. Er bestaat dan geen hoop op overleving. Het is te gevaarlijk om in zo'n situatie het leven van anderen op het spel te zetten.'

'Jace heeft gelijk,' zei Ranger. 'We kunnen niet het risico nemen dat er weer een lawine plaatsvindt.'

'Ik snap het wel, maar het blijft vreselijk.' Ze wendde zich tot Ranger. 'Hoe goed kende je hen?'

'Behoorlijk goed, denk ik. Dat wil niet zeggen dat ik hen aardig vond. Dit is natuurlijk een drama, maar dat neemt niet weg dat ze altijd de problemen opzochten.'

'Waarom zeg je zoiets?' De Kimmels hadden haar aardig genoeg geleken... al was het wel zo dat Elke in eerste instantie een geweer op haar had gericht.

'Ik ben het eens met Ranger. Ze gaven geen duimbreed toe,' vond Dennis. 'Hun land grenst aan het mijne en we hebben in het verleden een aantal aanvaringen gehad. Ze hadden de neiging eerst actie te ondernemen en dan pas vragen te stellen. Maar dat neemt niet weg dat het me spijt dat ze door die lawine om het leven zijn gekomen. Dat wens ik niemand toe.'

'Hoezo aanvaringen?' Kat wilde er meer van weten.

'Gewoon meningsverschillen tussen buren. Niet dat het nu nog wat uitmaakt.' Dennis wendde zich tot Jace. 'We moeten weer aan het werk. Er is nog een heel verhaal te schrijven.'

In de haard brandde het vuur, maar Kat vond dat er in de kamer een kille sfeer hing.

7

———

Een uur later was Kat terug in hun eigen blokhut. Ze deed haar natte kleren uit en stapte onder de douche. Het hete water spoelde de fysieke kou van haar af, maar dat gold niet voor haar herinneringen aan de tragedie. Aan het leven van het echtpaar Kimmel was in een tijdsbestek van minder dan een minuut een tragisch einde gekomen. Hun protesten waren met onmiddellijke ingang gestopt; hun stemmen werden niet langer gehoord. Kat huiverde bij de gedachte.

Elke en Fritz waren praktisch vreemden voor haar, maar toch voelde ze een band met hen doordat ze getuige was geweest van hun tragische dood. Ze vocht tegen haar tranen, al wist ze wel dat het raar was om zo ontdaan te zijn om mensen die ze niet eens echt kende. Haar reactie werd waarschijnlijk veroorzaakt doordat ze zelf bijna was omgekomen. Dennis en Ranger had het ongeluk niet veel gedaan. Die schreven het toe aan natuurgeweld en gingen over tot de orde van de dag. Hoewel ze duidelijk niet veel op hadden gehad met het echtpaar, had Kat toch verwacht dat ze meer emotie zouden tonen na de dood van buren die ze al heel lang kenden. Ze hadden net zo goed zelf het slachtoffer kunnen zijn.

Hoe konden ze zo gevoelloos zijn?

Ze stapte uit de douche op de verwarmde stenen vloer; die voelde aangenaam aan haar voeten en ze droogde zich zonder enige haast af, intussen verder piekerend. Hoe konden Dennis en Jace gewoon doorgaan met hun werk? Natuurlijk was Jace er niet bij geweest; hij kende de Kimmels niet en kon niet echt iets anders doen dan de aanwijzingen van Dennis opvolgen. Maar voor Dennis lag het heel anders. Of hij ze nu aardig had gevonden of niet, het waren wel zijn buren en het ongeluk had dicht bij zijn huis plaatsgevonden. Zijn ongevoeligheid stoorde haar.

Kat trok een spijkerbroek en een sweatshirt aan en maakte een vuur met de stapel houtblokken naast de haard. Misschien was haar reactie overdreven, geschokt als ze was door haar eigen bijna-ongeluk, maar voor haar gevoel klopte er iets niet. Hoewel ze er niet de vinger op kon leggen, kon ze ook het gevoel niet van zich afzetten dat ze iets belangrijks over het hoofd had gezien.

Haar verdenking werd sterker terwijl ze het vuur opstookte. Het noodlottige ongeval van Elke en Fritz Kimmel leek een heel gunstige ontwikkeling voor hun tegenstanders. Te oordelen naar de opmerkingen van Dennis en Ranger waren die twee de drijvende kracht geweest achter de protesten tegen de mijn en was Elke Kimmel in feite de leider van de demonstranten geweest. Was hun dood wel een ongeluk?

En als het geen ongeluk was geweest, wie had het echtpaar dan uit de weg willen ruimen?

De eigenaren van de mijn hadden voordeel bij hun overlijden. Maar de eigenaren zaten als het goed was in China; ze waren niet in de buurt. Konden ze er dan indirect bij betrokken zijn?

Het was duidelijk dat Dennis niets op had gehad met het echtpaar, al had hij dat niet expliciet zo gezegd. En dat vond Kat maar vreemd, gezien hun gedeelde achtergrond als milieuactivisten en demonstranten. Dat had op zijn minst enige sympathie kunnen oproepen. Rangers gedrag was ook typisch; vooral het feit dat hij zo leek te hebben aangedrongen op het terugschalen van het onderzoek naar het ongeluk.

Beeldde ze zich een complot in dat er niet echt was? Misschien wel, maar complottheorieën bevatten vaak wel een kern van waarheid. Wie weet was dat hier ook het geval.

Haar nieuwste theorie had ze tijdens haar minuten onder de douche ontwikkeld. Hoe meer Kat erover nadacht, hoe meer overtuigd ze was van het feit dat er iets niet klopte aan die lawine van vandaag. Ranger had de middelen, het motief en de gelegenheid gehad om de hand te hebben in het ongeluk. Het was niet duidelijk waar hij zich onmiddellijk voor het ongeluk had opgehouden. Hij bezat ook een sneeuwscooter en daarmee konden de sporen zijn gemaakt die hoger op de helling te zien waren geweest.

Dat zou ook kunnen verklaren waarom hij niet zo graag in had willen gaan op haar vragen.

Nou, Ranger, de reddingsbrigade en de politie konden wat haar betreft het heen en weer krijgen. Als die niet bereid waren om een onderzoek te starten, dan ging zij dat doen. Dit was niet een van haar normale fraudeonderzoeken, maar Kat wist prima dat elk onderzoek zich met drie elementen bezighield: middelen, motief en gelegenheid.

Ze ging in haar hoofd de gebeurtenissen nog eens na. Waar moest ze beginnen? Ze zocht in haar tas en haalde er een opschrijfboekje en een pen uit. Aangezien ze vast zat in de blokhut en verder niets beters te doen had, kon ze net zo goed een paar aantekeningen maken nu ze de details nog scherp voor de geest had. Dat was handig voor als de politie haar eindelijk eens wat ging vragen.

Eerst schreef Kat op wat Dennis eerder had gezegd en hoe hij op het nieuws had gereageerd. Ze zette een vraagteken bij zijn relatie met het echtpaar Kimmel. Daar zou ze later verder over nadenken.

Ranger en Dennis hadden zeker niet veel op gehad met de Kimmels. Waren er ook nog anderen? De resterende demonstranten zouden een goede bron van informatie kunnen opleveren. Die moest ze te spreken zien te krijgen zonder dat Ranger of Dennis daar lucht van kregen.

Ze richtte haar aandacht weer op de sneeuwscootersporen, omdat die wel eens de oorzaak van de lawine konden zijn door de zwakkere sneeuwlagen instabiel te maken. De wisselende weersomstandigheden in de laatste paar weken vormden ook een factor. Daardoor was het sneeuwdek in de laatste paar dagen misschien ondermijnd. Zelfs zij als stadsmens wist dat door haar sneeuwschoentochten in het achterland van Vancouver. Het ging om code 101 in het kader van lawinewaarschuwingen.

Iedere keer als het sneeuwde, vormde zich een nieuwe sneeuwlaag op een oude en soms was een nieuwe sneeuwlaag ook zwaarder dan de vorige. De dikte en dichtheid van de laag hingen af van de vochtigheid en de duur van de sneeuwval. Temperatuurveranderingen vormden de aanzet voor een cyclus van opwarmen en afkoelen, van smelten en opnieuw bevriezen. Op warmere dagen, zoals vandaag bijvoorbeeld, dooiden sommige lagen meer dan andere. In welke mate hing af van de locatie; of de zon er wel of niet direct op viel. Eén 'warme' dag en de daarmee gepaard gaande dooi was vaak al genoeg om de coherentie tussen de sneeuwlagen te verzwakken en een lawine te veroorzaken. Vooral nieuwe sneeuwlagen die zich nog niet hadden verbonden met oudere konden gemakkelijk gaan schuiven.

Het was duidelijk dat er op de helling waarop zich de lawine had voorgedaan vaker lawines voorkwamen; de twee bergen erboven liepen steil naar beneden en vormden een natuurlijke kom in het midden van de helling. Door eerdere lawines waren de bomen op dat deel van de berg ontworteld; een veelzeggend teken dat een nieuwe lawine daar weinig weerstand zou ondervinden.

De reddingsbrigade, Ranger en Dennis wisten hoe het weer de lawines in dit gebied beïnvloedde. Kat ging ervan uit dat de Kimmels en alle andere leden van de plaatselijke bevolking dat ook wisten. Het risico was algemeen bekend, maar uitsluitend Moeder Natuur wist waar en wanneer een lawine zou toeslaan. Wáár een nieuwe lawine zich ging voordoen kon wel worden voorspeld, maar wanneer precies was niet te zeggen.

Dat alles wees op een tragisch ongeluk, niet op een sinistere misdaad.

Behalve dan dat de lawine zich had voorgedaan in de ochtend vóórdat de zon de helling had kunnen opwarmen. De sneeuw was niet aan het dooien, want de temperatuur was laag en de helling lag nog in de schaduw. Lawines deden zich bijna altijd 's middags voor, nadat de zon instabiele sneeuwlagen had opgewarmd.

Misschien had iemand Moeder Natuur een handje geholpen.

Ze dacht terug aan de sporen van de sneeuwscooter die ze na de lawine had gezien. Was het natuurgeweld veroorzaakt door een sneeuwscooter? Als iemand op de hoogte was van de instabiliteit van het sneeuwdek, kon die iemand dan opzettelijk de lawine in gang hebben gezet?

Kat schreef "sneeuwscooter" op en maakte daarbij de aantekening dat ze na moest gaan wie er nog meer een had. In een dunbevolkte streek als deze waren er waarschijnlijk niet veel. Daar stond tegenover dat iedereen uit de buurt waarschijnlijk aan zo'n ding kon komen; iemand had er een of kon er gemakkelijk een lenen. Het aantal mogelijke verdachten werd daardoor nauwelijks beperkt.

Niet iedereen had echter in de gelegenheid verkeerd om de lawine in gang te zetten. Alleen degenen die zich op de berg bevonden of die in de buurt waren, konden het geweest zijn. Wie was er nog meer in de buurt geweest?

In ieder geval Ranger.

Maar ze had voorafgaand aan de lawine geen sneeuwscooter gezien of gehoord. Ze zou de motor toch hebben gehoord als Ranger op de helling boven haar had rondgereden?

Tenzij de sporen al eerder waren gemaakt. Ze herinnerde zich Rangers opmerking over een halve lawine een dag eerder. De sneeuwscootersporen konden gisteren zijn gemaakt. Hoewel ze van beneden af gemakkelijk te zien waren, betekende de gevaarlijke situatie na de lawine van vandaag dat niemand ze van dichtbij had geïnspecteerd. Misschien waren het geen verse sporen.

Dan had de eerdere sneeuwscooter die eerste, kleinere lawine van gisteren veroorzaakt. Het daardoor verzwakte sneeuwdek lag als het ware klaar voor een tweede lawine. Het leek wel vergezocht dat een tweede lawine pas na een dag naar beneden was gekomen, maar zulke dingen gebeurden wel.

Een van de andere actievoerders had wellicht een motief gehad om de Kimmels kwaad te berokkenen. Daar kon ze achter proberen te komen als ze naar de blokkade toeging en daarnaar vroeg. De meesten zouden wel een alibi hebben, omdat ze van elkaar wisten dat ze bij de blokkade waren geweest.

Iemand van de groep zou kunnen weten waarom Elke en Fritz zich überhaupt op de helling hadden bevonden. Volgens Ranger brachten ze hun dagen meestal door bij de blokkade. Maar vandaag was het anders geweest. Ze hadden de blokkade verlaten en waren op weg geweest naar huis, hoewel het nog steeds ochtend was. Het was nog veel te vroeg om al weg te gaan bij hun demonstratie-activiteiten. Was het een ongelukkige samenloop van omstandigheden, of had iets of iemand hen doen afwijken van hun dagelijkse routine?

Dat wierp weer een andere vraag op. Gegeven het feit dat de Kimmels bekend waren met het terrein, waarom hadden ze sowieso de route gekozen die ze waren gegaan? Waarom hadden ze de weg niet genomen, of een andere, veiliger route?

Aan de andere kant, als de lawine met opzet was veroorzaakt, was het bijna onmogelijk om die in gang te zetten precies op het moment dat de Kimmels over de helling skieden. De schuldige had dan aanwezig moeten zijn exact op het moment van de ramp.

De meeste lawines werden door iets of iemand in gang gezet. Elke en Fritz waren onder aan de helling geweest, te ver weg van waar de lawine was begonnen om hem zelf te veroorzaken. Dat was ver boven hen gebeurd. En Kat had geen mensen in de buurt gezien of sporen waargenomen. Dat betekende nog niet dat ze er ook niet waren, aangezien ze natuurlijk niet overal had gelopen. Waarschijnlijk liepen er nog wel andere paden naar het plateau waarvan zij niets afwist. Ze maakte een aantekening dat ze moest nagaan welke paden er allemaal naartoe liepen.

Hoe dan ook, er was daar iemand geweest. En dan móésten er sporen zijn achtergelaten, of dat nu voetstappen waren of sporen van een sneeuwscooter. Die zouden te zien zijn in de sneeuw; in ieder geval tijdelijk, tot de volgende sneeuwval. Het was belangrijk dat ze daar nu naar ging kijken.

Ze was het volledig oneens met Rangers opmerking dat het te

gevaarlijk was om naar de plaats van de lawine terug te keren. Eenderde deel van de plak sneeuw op de berghelling was ingestort. Er was gewoonweg niet genoeg sneeuw overgebleven voor nog een lawine. Feitelijk was nu het ideale moment om te gaan kijken, voordat nieuwe sneeuw de sporen zou uitwissen.

Ze dacht terug aan de actievoerders van buiten de stad. De mensen die Ranger ervan had beschuldigd dat ze het pad hadden geblokkeerd met omgevallen bomen. Wie waren dat en wat wilden ze precies? Hij had niet al te veel details gegeven.

Het enige wat ze kon doen om erachter te komen was die mensen opsporen en met hen praten. Maar het was niet de bedoeling dat ze het landgoed verliet in verband met lawinegevaar. Ze kende geen namen en had geen contactgegevens, dus was er geen makkelijke manier om met hen in contact te komen. Maar dat was nog geen reden om hier binnen te blijven zitten. Ze moest op verkenning uit gaan.

Een ding was zeker. Kat kon niet langer gaan zitten wachten en het risico lopen dat nieuwe sneeuw de sporen zou laten verdwijnen. Dennis en Ranger konden dan wel zeggen dat ze beter niet terug kon gaan naar die helling, maar dat maakte ze zelf wel uit. Trouwens, ze konden zich er ook niet mee bemoeien als ze haar plannen voor zichzelf hield.

Dennis en Jace waren druk bezig met de biografie en als Ranger haar iets zou vragen, zou ze hem vertellen dat ze een wandeling op het landgoed ging maken. Ze had de ideale gelegenheid zelf dingen te gaan uitzoeken. Zolang ze heel voorzichtig was, zou haar niets kunnen gebeuren.

Ze keek op haar horloge. Twee uur. Als ze nu wegging, had ze minimaal een paar uur voor het donker werd, en dat was meer dan voldoende tijd om bij de helling te komen en hier weer terug te zijn voor het donker. Kat deed haar goede camera in haar tas en trok haar laarzen aan. Misschien dacht verder niemand dat er nader onderzoek nodig was, maar zij vond van wel. In feite had ze volledig het recht om zo'n nader onderzoek te eisen, omdat zij zelf ook bijna slachtoffer was geweest van de lawine. Ranger en Dennis vonden duidelijk dat de zaak was afgesloten. En als ze Ranger mocht geloven, gold dat ook voor de reddingsbrigade. Ze wist niet of en wanneer de politie een onderzoek zou instellen, maar ze had het gevoel dat dat nooit zou gebeuren. De enige manier om de zaken niet op hun beloop te laten was zelf iets te doen.

Als er verder niemand zich geroepen voelde om de zaak te onderzoeken, dan zou zij het wel doen.

8

Kat liep vlug over het pad dat naar het landhuis leidde, maar liep vervolgens schuin over de oprijlaan om te voorkomen dat iemand in het landhuis haar zou zien. Door het raam van Dennis' studeerkamer konden ze haar zo zien lopen, maar zolang er niemand tussen nu en een minuut of zo uit het raam keek, zou ze onontdekt blijven. Ze slaakte een zucht van opluchting toen ze het eind van de oprijlaan had bereikt.

Op de parkeerplaats naast de hoofdingang was Rangers Landcruiser niet te zien. Een onverwachte meevaller. In het onwaarschijnlijke geval dat iemand haar zag, zou ze zeggen dat ze een wandeling ging maken langs het hek van het landgoed. Dat van die wandeling was waar, maar de route die zij nam voerde haar weg van het landgoed en naar de plaats van de lawine.

Nu was ze uit het raam van Dennis' studeerkamer niet meer zichtbaar, maar nog wel door het raam aan de andere zijde van het landhuis als iemand daar toevallig naar buiten keek. Nog een meter of dertig en door de glooiing van het terrein zou ze vanuit de ramen op de begane grond niet meer zichtbaar zijn. Zolang Ranger niet terugkwam voordat ze veilig uit het zicht was verdwenen, zou niemand haar zien vertrekken.

Bij die gedachte hield ze even stil. Eigenlijk was het niet zo slim om in haar eentje terug te gaan naar de plaats van de lawine als dat ze dat niet aan minstens één iemand vertelde, bijvoorbeeld aan Jace. Aan de andere kant kon ze hem niet komen storen puur en alleen omdat ze had besloten een eindje te gaan wandelen. Als ze hem dat in eigen persoon zou komen vertellen, betekende het ook dat Dennis en Ranger op de hoogte zouden zijn van de plek waar ze wilde gaan rondstruinen, en dat was op zijn minst lastig. Ze zouden best door kunnen krijgen dat ze zelf op onderzoek uit wilde.

Kat fronste. Haar mobiel had geen bereik, dus ze kon Jace ook niet bellen of sms'en. Ook in de blokhut was geen telefoon. Een briefje achterlaten was een optie, maar dan moest ze weer helemaal terug.

Nog even keek ze weifelend naar het landhuis. Als ze Jace persoonlijk van haar plannen op de hoogte zou stellen, zou hij er vast op staan dat ze om veiligheidsredenen op het landgoed zou blijven. Maar Kat dacht zeker te weten dat de lawine met opzet was veroorzaakt. En dat kon ze alleen maar bewijzen als ze terugging naar de plek van het ongeluk. Ze zou Jace later alles wel vertellen, als ze weer veilig en wel in de blokhut zat met haar verzamelde bewijs.

Jace was blind afgegaan op Rangers inschatting van de weers- en terreinomstandigheden; een inschatting die zij overdreven vond. Zij was ooggetuige geweest van het ongeluk en was ook prima in staat de risico's in te schatten en ervoor te zorgen dat ze niet opnieuw risico liep.

Kat was van plan de helling te fotograferen en ook de sneeuwscootersporen, zodat het bewijsmateriaal werd vastgelegd voordat het voor altijd verloren ging. De opsporings- en reddingsbrigade en Ranger beschouwden de dood van Elke en Fritz Kimmel als een tragisch ongeval. Hun onwil om nader onderzoek te doen kwam op haar vreemd over. Sterker nog, ze vond het tamelijk verdacht. Als je de oorzaak van de lawine kon uitzoeken, kon je toch ook toekomstige ongelukken voorkomen? Ze waren óf lui en nalatig, óf ze hadden andere redenen om geen nader onderzoek in te stellen. Kat vermoedde dat het om het laatste ging. Dat hield in dat ze het bewijsmateriaal moest zien vast te leggen.

De sporen van de sneeuwscooter waren op zich niet voldoende om de bestuurder op te sporen, maar ze beperkten wel het aantal mogelijke verdachten. De sporen zouden kunnen wijzen op een bepaald model sneeuwscooter. Ze wist niet genoeg af van sneeuwscooters om dat zeker te weten, maar deskundigen zouden op basis van foto's mogelijk het model sneeuwscooter kunnen vaststellen. En misschien waren er nog meer aanwijzingen die alleen zichtbaar waren bovenaan de helling. Het was te laat om de Kimmels te helpen, maar niet te laat om uit te zoeken wat er was gebeurd en zo een nieuwe tragedie te voorkomen.

Kat keek naar de lucht. De zon was verdwenen achter de donkere wolken die vanuit het noorden kwamen binnendrijven. De wolken hingen laag en op elkaar gepakt; het soort wolken waaruit sneeuw ging vallen. Die voorspelde storm kwam misschien eerder dan verwacht.

De weersverwachting sprak van zware sneeuwval, met meer dan dertig centimeter op de lagere hellingen. Op deze hoogte in de bergen zou dat het dubbele kunnen zijn. Dit was haar laatste kans om de sporen te zien voor ze helemaal werden uitgewist door verse sneeuw.

Ze had waarschijnlijk nog een uurtje voordat het zou beginnen te sneeuwen en dat was toevallig ook de tijd die ervoor nodig was om de top van de helling te bereiken. De heuveltop was minder ver wandelen dan de tocht per sneeuwscooter waarop Ranger haar had meegenomen. Kat vroeg zich af waarom hij haar daar niet meteen naartoe had genomen. Afgezien van het feit dat de tocht over de heuvelrug veiliger was, had je waarschijnlijk van daaraf een geweldig uitzicht. Ze wist nu waar ze zich bevond, enerzijds doordat ze vanmorgen van de rondwandeling was afgeweken en anderzijds door haar huidige route. Een aantal paden hier in de buurt voerden in dezelfde richting. Ze koos het pad dat het dichtst bij de weg lag waarover ze gisteren naar het landgoed waren gereden.

Kat klopte op haar camera, vastbesloten zoveel mogelijk opnames te maken van de sporen. Ze zou foto's maken van de heuvelrug en de helling daaronder na de lawine. Die zou ze doorsturen naar onbevooroordeelde lawinedeskundigen van buiten de regio. Jace met zijn achtergrond als vrijwilliger bij de opsporings- en reddingsbrigade had misschien ook wel ideeën. Ze hadden beiden veel contacten in Vancouver en elders die ze konden inschakelen.

Hoe dan ook, ze had geen tijd te verliezen. Ze keek op haar horloge. Het was nu half drie. Heen en weer naar de heuveltop betekende dat ze net voor donker terug kon zijn. Ze voerde het tempo op en wandelde stevig door.

Ze had spijt dat ze geen briefje had achtergelaten voor Jace, maar daar was nu niets meer aan te doen.

Kat was nu bij het hek dat de grens vormde van het landgoed. Het bestond uit houten palen met prikkeldraad ertussen. Ze boog zich voorover en stapte tussen twee van de draden door, heel voorzichtig, zodat haar jas niet vast kwam te zitten in het prikkeldraad.

Aan de andere kant bleef ze even staan. Moest ze wel doorgaan? Ze kende het gebied niet goed. Stel dat zich nog een lawine voordeed en ze helemaal alleen was. Niemand zou ook maar weten dat ze daar was. Als de lawine wél een ongeluk was geweest, dan was er niets te vinden en was er ook geen reden om naar de plek toe te gaan. Moest ze haar eigen veiligheid wel op het spel zetten?

En toch...

Als de lawine met opzet in gang was gezet, dan ging het om een bijna perfecte methode om zonder ontdekt te worden een moord te plegen. Ze speelde in haar hoofd de beelden van het ongeluk weer af. De Kimmels waren nadrukkelijk aanwezig geweest binnen de lokale gemeenschap, maar iedereen scheen hen al zowat vergeten te zijn.

Niet echt iedereen, besefte ze toen. Ze had alleen nog maar gesproken met Dennis, Ranger en een handjevol uit de buurt afkomstige leden van de reddingsbrigade. Verder met niemand van de actievoerders. Dat waren precies de mensen met wie ze wél moest praten. Zij kenden het echtpaar en waren ook beter in staat eventueel bewijs veilig te stellen.

Ze bleef erover nadenken terwijl ze door de sneeuw ploegde. De weg was een paar meter verwijderd van het pad, dicht bij de afslag waar de actievoerders hun blokkade hadden opgericht. Misschien hadden ze zelf al de plaats van de lawine onderzocht. Als dat zo was, was haar tocht volkomen overbodig.

Kat nam een besluit: ze wilde niet meer continu in gedachten in kringetjes rond draaien. Misschien was het beter om toch eens met die actievoerders te gaan praten.

De wegblokkade bevond zich in dezelfde richting als de helling, maar veel dichterbij. Niet meer dan twintig minuten lopen. Dan zou ze over een uur terug kunnen zijn in de blokhut in plaats van over twee uur, als het nog steeds licht was, en voordat Jace en Dennis klaar waren.

Misschien deelden de actievoerders haar verdenkingen. Ze hadden ongetwijfeld andere opvattingen dan Dennis en Ranger: twee mannen die je nauwelijks representatief kon noemen voor de buurtbewoners. Ze konden haar achtergrondinformatie verschaffen over de Kimmels en ook over eerdere lawines in het gebied. De vrienden van het echtpaar zouden waarschijnlijk haar verslag als ooggetuige en overlevende op prijs stellen. Praten met de actievoerders zou nadere informatie opleveren en de tragische zaak ook voor haar kunnen afsluiten.

Kat liep moeizaam verder totdat het pad waar ze op liep uitkwam op een ander pad. Binnen een paar minuten kon ze niet verder doordat er bomen over het pad lagen. Dit moest dezelfde plek zijn waar ze eerder vandaag met Ranger was geweest. Ze bleef even staan om beter te kijken naar de blokkade waarvan Ranger die ochtend had gezegd dat die was gemaakt door de actievoerders uit de stad. Zeker een stuk of twintig boomstammen lagen opgestapeld tot een hoogte van bijna twee meter; het pad liep vanaf hier steil naar beneden door dicht struikgewas. Wie de stammen hier ook had neergelegd, er was een machine voor nodig geweest om de bomen om te zagen. Elke boom was minstens een meter dik en vertoonde verse sporen van een kettingzaag. De actievoerders uit de stad waren goed uitgerust.

Ze liep terug naar het pad waar ze vandaan was gekomen terwijl een onrustig gevoel bezit van haar nam. De Kimmels waren gedwongen geweest om de helling van de lawine over te steken als direct gevolg van deze barrière. De enige andere keuze zou een omweg zijn geweest via een pad en de straatweg, en die was minimaal twee keer zo lang. Volgens Ranger waren de Kimmels bijna iedere dag bij de wegblokkade. Kat ging ervan uit dat ze daar dan 's middags weggingen. Iemand die hen uit de weg wilde ruimen, moest hen gewoon opwachten tot ze daar vandaan kwamen.

Ineens bleef ze staan. Zij was het echtpaar midden op de ochtend tegengekomen, niet op de tijd waarop ze normaal bij de blokkade weggingen. Waarom was dat? Zouden ze in leven zijn geweest als ze gewoon 's middags waren weggegaan? De andere actievoerders zouden misschien weten waarom ze al 's morgens hun biezen hadden gepakt.

Kat liep verder het pad af en twintig minuten later stapte ze de weg op, een meter of twintig van de wegblokkade vandaan. Ze zag vlammen boven een olievat, maar ze zag geen actievoerders. De moed zonk haar in de schoenen. Het was niet bij haar opgekomen dat deze mensen na het horen van de dood van Elke en Fritz konden hebben besloten eerder op te breken.

Toen ze dichterbij kwam, zag ze een stuk of tien protestborden die netjes tegen een truck stonden. Er was hier toch iemand. Een man van in de zeventig met een grijze baard kwam naar haar toe. Hij droeg een oud ski-jack met het embleem van de Regal Gold-mijn en de naam 'Ed'.

'Jij komt van het landgoed?'

Kat knikte. Op een plek waar zo weinig mensen woonden wist iedereen waarschijnlijk dat zij een gast van Dennis was, ook al kende zij hen niet. Ze stelde zich voor. 'Ik heet Kat. Mag ik u iets vragen over de Kimmels? Ik was erbij toen het gebeurde.'

Hij kneep zijn ogen half dicht. 'Kennelijk ben jij er goed vanaf gekomen.'

Ze zag tot haar opluchting dat hij niet gewapend was. 'Ik had gewoon geluk. Hoewel ik dat niet zo voel, behalve dan dat ik wel hier sta en zij niet.' Ze voelde een brok in haar keel. 'Het leek me geen gewoon ongeluk. Ik zag sneeuwscootersporen boven aan de helling.'

De man zei niets.

'Waarom gingen Elke en Fritz midden op de ochtend bij de blokkade weg? Bleven ze normaal niet de hele dag?'

'Je schijnt heel wat van ze af te weten. Heb je dat van Ranger?'

Ze schudde haar hoofd. 'Nee, hij praat niet echt tegen mij over hen. Ik krijg de indruk dat ze niet bepaald op goede voet stonden.'

'Daar heb je gelijk in.' Hij keek achterom naar het brandende olievat. 'Als ik jou was, zou ik teruggaan naar het landhuis. Er komt een sneeuwstorm opzetten. Daar wil je niet in terechtkomen.'

Ed was beleefd, maar vertrouwde haar duidelijk niet.

'Nog even over die sneeuwscootersporen. Ik denk dat die sneeuwscooter de lawine kan hebben veroorzaakt. Misschien werd de lawine met opzet veroorzaakt en waren Elke en Fritz de beoogde slachtoffers. Hadden ze vijanden; iemand die hen kwaad wilde berokkenen?'

'Ik raad je aan je met je eigen zaken te bemoeien. Dit gaat je helemaal niets aan.'

'Wiens zaak is het dan wel? Niemand schijnt zich er druk om te maken.' Voor Dennis en Ranger deed de dood van het echtpaar er niet echt toe, maar dat moest toch anders liggen voor de andere actievoerders? Zij konden het volgende slachtoffer zijn.

'En jij wel?'

'Ik zag hen vlak voordat ze werden bedolven door de lawine. Ik had ook dood kunnen gaan. Degene die dit op zijn geweten heeft, moet een halt worden toegeroepen.'

'Je hebt met hen gesproken?'

Eindelijk had ze echt contact.

'Fritz zei iets over de actievoerders uit de stad.' Ze vertelde hem over de versperring op het pad. 'Ik kan de gedachte niet van me afzetten dat iemand hen dwong een andere route te nemen. Ze waren waar ik hen tegenkwam, omdat het pad dat ze normaal namen versperd was.'

'Ik geloof in vreedzaam protest. Dat deden Elke en Fritz ook. Die andere groep actievoerders is het daar niet mee eens; ze vinden dat het allemaal te lang duurt. Ze hebben geld achter zich. Het zijn types die media-aandacht zoeken, beroepsactievoerders die een verhaal willen verkopen aan het avondnieuws op de tv. Ze zijn het soort mensen dat de hype van het moment najaagt, dat populair wil zijn. Ze wonen niet in de buurt, ze praten niet met ons. Ze hebben een paar van de lokale plekken zelfs een nieuwe naam gegeven.'

'Dat kunnen ze toch niet maken?'

De man schokschouderde. 'Maar ze doen het wel, met zelfbedachte namen in glanzende marketingbrochures. De berg wordt opnieuw uitgevonden, met namen als Raven Spirit Ridge en Great Bear Forest. Er zijn nu meer mensen die die nieuwe namen horen dan de oorspronkelijke namen. Ze overstemmen ons totdat iedereen de echte namen, onze echte geschiedenis, is vergeten.'

Kat schrok van de woorden van deze man.

'Ze willen ons ook verdrijven,' ging Ed verder. 'Ik woon hier zelf al mijn hele leven. Mijn overgrootvader had hier een boerderij. We hebben de vallei ontgonnen, we hebben Paradise Peaks gesticht. Nu zeggen zíj dat we schade toebrengen aan de wildernis. We doen verdomme helemaal niets anders dan wat we altijd hebben gedaan. We wonen hier en wij waren hier het eerst. Zij zijn het probleem, doordat ze publiciteit genereren waar wij niet op uit zijn en zo al die wereldverbeteraars hiernaartoe halen met hun granolarepen en hun flessen water, met hun kleren gemaakt van hennep en hun hybride auto's.'

Kat knikte en liet hem uitpraten. Misschien was ze eindelijk iets aan het bereiken.

'Wij kunnen er niets aan doen. We zijn niet meer met velen, en we zijn moe van het jarenlang vechten. Sommige mensen zijn weggegaan om elders werk te zoeken na de mijnsluiting en iedereen heeft het gehad met het slechte water.'

Ed en de andere actievoerders waren de slachtoffers; zij wilden geen anderen dwarszitten. Zo klonk het tenminste. 'Maar er zijn toch plannen om een nieuwe weg aan te leggen?'

'Ja, dat wel. Dennis heeft gezegd dat hij ervoor zal betalen, omdat een nieuwe weg meer veiligheid brengt. Hij zegt dat de enige manier om de milieuvervuiling op te ruimen gelegen is in het aantrekken van toeristendollars door van deze streek een wildernismekka te maken.

Nou, daar zijn wij het niet mee eens. We laten ons niet dwingen om akkoord te gaan met zijn belachelijke asfaltweg als een grindweg ook goed is. We willen gewoon in alle rust onze dagen slijten.'

Geen wonder dat ze een bloedhekel hadden aan Batchelor. Hij moest op de een of andere manier afspraken hebben gemaakt met de actievoerders uit de stad. Voor hen was hij een tiran die hun commercie door de strot wilde duwen met een voorstel dat neerkwam op slikken of stikken. Het had grotendeels gewerkt. Bijna iedereen was verdreven, behalve een paar koppige gepensioneerden.

'Zou jij ooit weggaan?'

Ed schudde zijn hoofd. 'Dan moeten ze me wegdragen. De meesten van ons zijn hier geboren, hebben hier een gezin gesticht en zijn hier met pensioen gegaan. Zo dachten Elke en Fritz er ook over.'

Iemand wist dat de Kimmels alleen in een lijkkist weg zouden gaan, niet in een verhuiswagen. En daar hadden ze misschien eigenhandig voor gezorgd. 'Die weg—waar gaat hij naartoe?'

'Van onder aan de berg helemaal naar boven.'

'Daar bedoel je mee: naar het plateau waar zich het landhuis van Dennis Batchelor bevindt?'

Ed knikte.

Wat hadden een verlaten mijn, slecht water en dodelijke lawines met elkaar te maken? Dat ze op de een of andere manier ertoe leidden dat mensen wegtrokken. Een nieuwe weg betekende dat er meer mensen kwamen, maar dat waren andere mensen dan de huidige bewoners. Kat begreep de frustratie van de actievoerders wel, aangezien ze alleen maar konden kiezen tussen alles accepteren of weggaan. Wie kon er nu leven zonder schoon drinkwater?

Batchelor moest er natuurlijk bij betrokken zijn, en zij was van plan uit te zoeken hoe precies.

'Je hebt me nog steeds niet verteld waarom de Kimmels vanmorgen weg zijn gegaan bij de blokkade.'

'Een noodgeval thuis, iets met hun dochter. Die woont bij hen in. Ranger bracht hun de boodschap. We hebben hier geen mobiel bereik.'

Wanneer had Ranger die ochtend een spoedbericht kunnen

ontvangen? Ze hadden samen op de sneeuwscooter gezeten voordat de lawine naar beneden kwam. Toen ze op de sneeuwscooter zaten, was er geen communicatie via de radio geweest. Dat moest dan zijn geweest vlak nadat hij haar had afgezet. Maar de actievoerders konden ook met de radio worden bereikt, dus waarom waren die niet op de hoogte gesteld in plaats van Ranger? Het kon toch niet anders dan dat een écht spoedbericht rechtstreeks naar hen was gegaan? Ranger lag niet voor de hand als persoon om een persoonlijk bericht door te geven aan mensen die niets met hem te maken wilden hebben.

Eds verhaal maakte Kat duidelijk dat Ranger op de hoogte was geweest van de reden waarom de Kimmels die ochtend op de plaats van de lawine waren, maar hij had daar niets over gezegd op de plek van het ongeluk. En ook niet daarna. Nog belangrijker: zijn boodschap was de enige reden waarom de Kimmels zich überhaupt op de helling hadden bevonden. Dat hij dat niet had vermeld was veelzeggend. Kat had het vermoeden dat hij op de een of andere manier betrokken was bij de tragedie van vanochtend. Die leek steeds minder een gewoon ongeluk te zijn.

9

Ed Lavine had zijn hele leven in Paradise Peaks gewoond. Hij kon zich niet herinneren dat er zich ooit een lawine van de omvang had voorgedaan zoals Kat beschreef. Of dat er binnen een paar dagen meerdere lawines waren geweest.

'We hebben kleinere lawines op de hellingen meegemaakt, maar nooit zo'n grote.' Hij fronste. 'De weg die Elke en Fritz normaal namen, ging niet via die heuvelrug. Maar hun dochter had hun hulp nodig en als wat jij zegt waar is en het pad versperd was, hadden ze geen andere keuze.'

Kat voelde zich bevestigd in wat ze had gedacht. Nu was er iemand anders die het met haar eens was dat de omstandigheden rondom de dood van Elke en Fritz Kimmel verdacht waren. Het was dus de moeite waard geweest om naar de plaats van de wegblokkade te gaan.

'Wanneer heeft Ranger hun de boodschap gebracht over hun dochter?'

Ed fronste. 'Misschien midden op de ochtend, zo tussen tien en elf uur? Ik heb niet op mijn horloge gekeken.' Hij deed een metalen deksel op het olievat en doofde het nog resterende vuur. 'Nu ik erover nadenk, hij had Elke en Fritz wel een lift kunnen aanbieden aangezien hij toch dezelfde richting uitging. In plaats daarvan ging hij er zo snel mogelijk vandoor.'

'In een noodgeval zou je wel een lift verwachten.' Ze dacht even na. Ranger had haar die ochtend om ongeveer half elf afgezet. Als Ed zich de tijd goed herinnerde, moest Ranger daarna direct op weg zijn gegaan naar de wegblokkade. Dan had hij niet veel tijd gehad om het spoedbericht te ontvangen en de Kimmels te waarschuwen...

Kat snapte niet goed hoe het kon dat de Kimmels zich vóór haar hadden bevonden op het pad. Ze had weliswaar de omweg naar het meertje een paar keer gelopen, maar dat had haar niet meer dan een minuut of twintig gekost. De wegblokkade was minstens een half uur lopen van de plaats van de lawine. Op de een of andere manier klopte de tijd niet.

'Waar had het noodgeval mee te maken?'

'Een ruzie in het bos, op een plek waar het land van de Kimmels ongeveer ophoudt. Er waren schoten afgevuurd op Helen, hun dochter.'

'Je bedoelt met opzet?' Niet alleen een lawine, maar ook nog eens scherpschutters? Paradise Peaks was veel gevaarlijker dan de naam deed denken.

Ed knikte. 'Ranger dacht eerst dat het om een onvoorzichtige jager ging, maar Helen vertelde hem over de radio dat het om twee mannen ging van die andere groep actievoerders. Ze kwamen in de richting van het huis met hun geweer in de aanslag.'

'Heb jij hier met Helen over gesproken?'

'Ik niet, maar een paar vrienden van Elke zijn nu bij haar. Hun land ligt nogal afgelegen; je kunt er alleen te voet komen.'

Geen wonder dat de Kimmels de kortere route hadden genomen. Het verklaarde ook waarom Elke haar onder schot had gehouden en de tijd had genomen precies uit te zoeken wie Kat was. 'Jullie hebben hier geen radio?'

'De meesten van ons wel, maar niemand heeft iets gehoord.'

Niet de geweerschoten en ook niet de radio. 'Maar Ranger wel. Er wordt hier wel vaker met geweren geschoten.'

'Het is hier afgelegen. Je kunt niet voorzichtig genoeg zijn.' Ed kneep zijn ogen samen. 'Het is maar goed dat Helen gewapend was. Ze heeft teruggeschoten.'

'Maar jullie hebben geen geweerschoten gehoord?' De wegblokkade, het land van de Kimmels en de lawinehelling bevonden zich allemaal binnen een gebied van vijf of zes vierkante kilometer. Het was hier rustig en er waren alleen maar bomen om het geluid van geweerschoten te dempen. Waarom had Ed dan niets gehoord?

'Je hebt gelijk. Ik had ze moeten horen. Je hoort geluiden hier mijlenver weg.'

'Er is één ding dat ik nog steeds niet begrijp. Jullie en de andere actiegroep protesteren tegen allemaal tegen het residubekken en toch zijn jullie vijanden van elkaar. Zij zijn toch ook milieuactivisten, net als jullie?'

Ed schudde zijn hoofd. 'Milieuactivist is een woord van stadsmensen.'

'Huh?'

'Wij zijn geen milieuactivisten. Voor ons is het vanzelfsprekend om het milieu te beschermen. We hebben er geen woord voor nodig. Toen de stadsmensen zich milieuactivisten gingen noemen, wisten we dat we problemen gingen krijgen. Ze hebben hun mond vol over het beschermen van het milieu, maar ondertussen rijden ze rond in SUV´s en brengen ze hun wegwerpcultuur met zich mee. Wij wonen hier en zij niet, om maar eens wat te noemen. Wij willen een oplossing voor het probleem van het drinkwater. Zij beweren dat ze het milieu redden, maar ze willen graag met ons op de foto om publiciteit te krijgen en donaties los te weken. Ze hebben al namen veranderd; nog even en ze veranderen de kaart.'

Ed tilde het deksel op het olievat op. Het vuur was helemaal uit. 'Van de zomer zag je hen veel, maar nu niet meer zo vaak. Ze doen vooral 's avonds dingen, maar wij zien hen niet.'

'Dingen zoals dat versperde pad?'

Ed knikte. 'De zaken lopen uit de hand.'

'Hoe zit het met Helen?'

'Huh? Oh, er is niks gebeurd. De mannen gingen er vandoor zodra ze haar geweer afvuurde.' Ed haalde sleutels uit zijn zak en liep naar de truck toe. Kat had de sneeuwscooter in de laadruimte nog niet opgemerkt. 'Ik denk dat ik naar die helling toe ga en zelf een kijkje neem.'

'Kun je ook foto's nemen?'

Hij keek haar nietbegrijpend aan.

'We kunnen aan deskundigen vragen de lawine te reconstrueren en na te gaan wat de oorzaak was.' Ze haalde een visitekaartje uit haar zak en gaf het aan hem. 'Neem een flink aantal foto's en mail die naar me, als je kunt.' Dit was een meevaller, hoewel ze er niet helemaal zeker van was dat ze zijn vertrouwen had gewonnen.

Hij liep naar zijn truck en deed de deur van de laadruimte open.

'Wacht – hoe kom ik bij de mijn?' Er vielen intussen grote vlokken natte sneeuw op haar jack.

'Waarom wil je daarnaartoe? De mijn is dicht.' Ed kneep zijn ogen samen.

'Ik wil er zelf gaan kijken, vooral naar het residubekken.' Als Ed naar de helling en de sneeuwscootersporen ging kijken, had zij tijd over.

'Loop een kilometer rechtdoor die kant uit totdat de weg zich splitst.' Hij wees naar de weg die omhoogliep naar het landgoed. 'Dan ga je niet links naar het landhuis van Batchelor, maar je gaat rechts. Het verbaast me dat je de mijn nog niet hebt gezien. Hij ligt vlak naast zijn landgoed. Het is geen heel lange omweg.'

Dennis had duidelijk niet gewild dat ze de mijn zag. Dat verklaarde waarom de rit per sneeuwscooter van vanmorgen een uur had geduurd, terwijl ze dezelfde bestemming net zo snel zou hebben bereikt als ze een uur had gelopen. De omweg van vanmorgen had haar belet de mijn te zien. Anders had ze er misschien willen gaan kijken. Of misschien de vragen willen stellen waar niemand antwoord op wilde geven. Door dat besef was ze nog gemotiveerder om het terrein te verkennen. Nu had ze de ideale gelegenheid om een bezoek aan de mijn te brengen zonder dat iemand haar daar vragen over kon stellen.

Ze bedankte Ed en ging op weg. De bomen langs de weg wierpen donkere schaduwen over het met sneeuw bedekte wegoppervlak. Ze rilde en vroeg zich waar de mensen van de wegblokkade zich nu ophielden.

Tien minuten later bereikte ze de splitsing die Ed had genoemd. Dat moest kloppen, want ze zag ook het hek om Batchelors landgoed.

Batchelors wens om een weg te laten aanleggen werd bijna zeker ingegeven door meer dan het kweken van *goodwill*. De aanleg hield in dat hij hier wilde blijven wonen. Toch leek hij ermee te kunnen leven om voor onbepaalde tijd water uit een fles te drinken. Miljardairs hielden niet van het sluiten van compromissen en Batchelor net zomin. Er klopte gewoon iets niet.

10

Kat liep de weg naar de mijn op terwijl de sneeuw om haar heen wervelde. De vlokken bleven op de weg liggen als het glazuur op een cake en er vormde zich een dun laagje op de boomtoppen. Ze werd omgeven door een magisch winterlandschap. Het leek onmogelijk dat wat ze nu zag tegelijk kon bestaan met een gifmijn een kwartiertje verder lopen. Zo zag Kerstmis er nooit uit in Vancouver.

De weg slingerde zich om de berg heen omhoog. De lage wolken wierpen schaduwen op het plateau, waardoor haar zicht werd belemmerd. Ze stopte even om de natte poedersneeuw van de zolen van haar laarzen af te stampen.

Kat bedacht zich dat Ranger niet had uitgelegd waarom de actievoerders Batchelor verantwoordelijk hielden voor de mijnramp. Elke had ook niet veel details gegeven. Het kon toch niet zo zijn dat Batchelor alleen maar verantwoordelijk werd gehouden om wie hij was? Er moest meer aan de hand zijn, en de weg die Batchelor aan wilde laten leggen had er waarschijnlijk iets mee te maken.

Fritz had de nieuwe weg genoemd. Ranger had geïnsinueerd dat de Kimmels marihuana verbouwden en bezorgd waren dat zo'n weg hen zou belemmeren in hun criminele activiteiten, maar dat leek onzinnig. Iedereen kon marihuana verbouwen, maar ze betwijfelde ernstig of het bejaarde echtpaar zich inliet met drugsteelt. Dat was typisch iets voor jonge mensen.

Naast het landweggetje liep een beek. Dat was waarschijnlijk Prospectors Creek, de bron van het plaatselijke drinkwater en ook de beek die verontreinigd was geraakt door de beschadiging van het residubekken. Prospectors Creek leek meer op een rivier dan op een beek. Zoals alles in deze streek was deze beek groter dan normaal. Hij was te groot om dicht te vriezen. Zelfs in de winter bleef het water snel stromen en kon je hem niet oversteken, hoe veel moeite je ook zou doen.

Aan de andere kant van de beek liep een hek. Eigenlijk was dat nauwelijks nodig, want de beek zelf vormde een natuurlijke grens. Dat was het hek om Batchelors landgoed, besefte Kat. Ze liep verder omhoog langs de beek, maar ze zag geen spoor van de mijn. Het dichte bladerdek boven haar hoofd vormde een natuurlijke beschutting en de met sneeuw bedekte bodem maakte plaats voor modder en wortels. Hier kon geen lawine naar beneden komen.

Doordat het zo donker was in het bos, kwam ze niet snel vooruit. Het winterlandschap van zonet was veranderd in een spookachtige omgeving die meer deed denken aan een sprookje van Grimm. Ze beeldde zich in dat onzichtbare ogen haar gadesloegen, hoewel dat belachelijk was. Ze was gewoon niet gewend aan een dergelijke rustige en eenzame omgeving en kon niet genieten van het natuurschoon dat haar omgaf. Dat was een nogal droevig stemmend gevolg van het feit dat ze een wereld gewend was waarin ze altijd in verbinding stond met anderen en meer dan één ding tegelijk aan het doen was. Er was kennelijk een milieuramp voor nodig om daar bij stil te staan.

Ze liep nog een minuut of tien door en wilde net omkeren, toen ze eindelijk de mijn zag. Er stond een hek dat dwars door de beek liep. Een klein bord met daarop in vage letters 'Verboden Toegang' dat aan het hek was bevestigd, markeerde de uiterste grens van het terrein.

Kat klom over het hek en volgde de beek verder. Een paar

minuten later hield het bos op en kwam ze uit op een open stuk land. Een meter of tien verderop bevond zich een vervallen, houten gebouw met daarnaast een parkeerplaats. Er stond een oud, gedeukt vrachtwagentje van het merk Ford. Ze keek het terrein rond en zag de ingang van de mijn helemaal aan de andere kant. Op een oud bordje boven de ingang stond te lezen: "Regal Gold-mijn". Verse bandensporen in de sneeuw wezen erop dat het vrachtwagentje net was aangekomen.

Met uitzondering van de vrachtwagen was er niets op het terrein van de mijn dat op enige activiteit duidde. Dat bevestigde wat Fritz had gezegd: de mijn was dicht. Dat truckje behoorde waarschijnlijk toe aan een bewaker.

In het vallende duister was het onmogelijk om in de cabine van de vrachtwagen te kijken, dus bleef ze in het bos en keek of er tekenen van leven waren. Toen ze er zeker van was dat er niemand in de buurt was, liep ze in de richting van de achterkant van het gebouwtje, buiten het zicht van de parkeerplaats.

Na een paar minuten wachten liep Kat naar het gebouwtje toe om het terrein aan een nader onderzoek te onderwerpen. Het residubekken moest zich ergens in de buurt bevinden.

Op dat moment kwam een tweede voertuig de parkeerplaats oprijden. Kat schrok op en verborg zich weer achter het gebouwtje.

De deur van het tweede voertuig ging open en sloeg weer dicht. Het was onmogelijk om vanuit haar schuilplaats iets te zien, dus ze moest afgaan op wat ze hoorde. Ze hoorde knarsende voetstappen in de sneeuw, die dichterbij kwamen.

'We hebben het probleem opgelost.'

Kat hield haar adem in toen ze Rangers stem herkende.

'Dat is wel duidelijk,' antwoordde de andere, onbekende stem. 'Iedereen praat erover.'

Wie bedoelde hij? Was de lawine het probleem? Ze was zich niet bewust van andere problemen waar de plaatselijke bevolking mee te maken had. Ze ging wat naar voren en keek om de hoek van het gebouwtje om de tweede man te kunnen zien, maar ze zag alleen maar zijn rug, toen hij het gebouw inging. Hij moest in de geparkeerde truck hebben gezeten. Had hij haar gezien? Waarschijnlijk niet, want anders zou hij dat wel tegen Ranger hebben gezegd.

Het gebouwtje was klaarblijkelijk een grote schuur of werkplaats waar machines werden bewaard en onderhouden. Kennelijk was de mijn tamelijk klein van omvang. Ze had iets groters verwacht.

Kat had de rug van de onbekende man maar een fractie van een seconde gezien en dat was niet genoeg geweest om een inschatting te maken van zijn lengte, aangezien de deur van de schuur minstens vier meter hoog was. Zijn dikke winterjack maakte het ook moeilijk om iets te kunnen zeggen over zijn omvang. Het kwam erop neer dat ze hem niet kon identificeren zonder hem beter te zien. Waarschijnlijk was Ranger al binnen, aangezien hij nergens te zien was.

Verdorie.

Buiten kon ze niets horen van wat er binnen werd gezegd. Ze overwoog of ze naar binnen zou kruipen of in ieder geval dichter naar de deur toe zou gaan, maar dat was te riskant. Wat deed ze hier überhaupt? Maar nog belangrijker, wat deed Ranger hier?

Natuurlijk kon datgene wat de twee mannen bespraken met iets totaal anders te maken hebben dan met het ongeluk van vandaag.

Tenzij...

Fritz en Elke hadden hun zorgen geuit over deze mijn, vlak voor ze voortijdig om het leven waren gekomen. Ze hadden de mijn de schuld gegeven van het verontreinigde drinkwater.

Batchelor had een kapotte waterleidingbuis als reden gegeven voor het feit dat ze in het landhuis water uit flessen dronken. Het kon niet anders of het water van het landhuis kwam uit dezelfde verontreinigde bron als waar de Kimmels hun water vandaan kregen. En als dat zo was, had Batchelor gelogen. Dat hij loog over de reden waarom het water niet te drinken was, maakte hem daar echter nog niet verantwoordelijk voor.

Ze begreep wel waarom hij zijn gasten niet wilde vertellen dat het water uit de buurt giftig was. Dat gaf geen goede indruk – tenslotte was hij een beroemde milieuactivist -- en kon aanleiding geven voor allerlei vragen. Vragen die hij liever helemaal wilde vermijden.

Kat leunde wat naar voren en stond nu tegen de wand van de

schuur. Ze bleef uit het zicht maar kon wel de parkeerplaats zien. Ze zou de mannen op de rug kunnen kijken als ze naar buiten gingen. Tenminste, als ze teruggingen naar hun voertuigen die geparkeerd stonden aan de overkant van de parkeerplaats.

Even aangenomen dat de mijn het probleem vormde, waarom hadden de Kimmels dan hun boosheid gericht op Batchelor en niet alleen op de mijn? Wisten zij iets wat zij niet wist?

Kat schrok toen er geweerschoten klonken. Ze kwamen uit westelijke richting, uit de richting van de andere kant van het terrein. Haar hart klopte veel te snel. Ze had hier niet naar toe moeten gaan.

Ze haastte zich terug naar haar schuilplaats achter de schuur en hield haar adem in, in de verwachting dat de mannen ieder ogenblik naar buiten zouden rennen.

Maar nee. Of het was zo dat geweerschoten hier heel vaak voorkwamen, of ze hadden de schoten verwacht. Waarschijnlijk waren er jagers in de buurt en het ontbreken van enige reactie van de kant van Ranger en zijn metgezel wezen op die theorie. Hoe dan ook, ze hoefde hier helemaal niet te zijn en moest eigenlijk zo snel mogelijk maken dat ze wegkwam.

Kat draaide zich om en wilde net weglopen toen de stemmen van de mannen luider werden. Ze bleef in haar schuilplaats en haalde diep adem.

De deur vloog open en kwam met een klap tegen de deurpost. Daarna werd hij dichtgedaan en het slot werd er aangehangen. De voetstappen van de mannen knarsten in de sneeuw toen ze over de parkeerplaats liepen. Ze maakten ergens ruzie over, maar ze waren nu te ver weg om hun woorden nog te kunnen horen. Kat stapte heel voorzichtig naar voren en lette erop geen lawaai te maken. Als ze enige flarden kon opvangen van hun gesprek, zou dat haar kunnen helpen erachter te komen waar ze mee bezig waren.

Ze spraken nu met stemverheffing.

'Hun het zwijgen opleggen helpt maar tijdelijk, Burt. Je moet het probleem definitief uit de weg ruimen. Als de baas hiervan hoort, dan hang ik.' Ranger stormde af op zijn Landrover.

Wie het zwijgen opleggen? *Ed en de andere actievoerders*? Het was haar een raadsel wie of wat het probleem was.

Ranger deed de deur open van zijn auto en draaide zich om naar de onbekende man genaamd Burt. 'Regel dat verdomde water of jij bent als volgende aan de beurt.'

Dus het ging echt om het water. Had de geheimzinnige Burt iets te maken met de dood van de Kimmels? Als Burt als volgende aan de beurt was, wie was hem dan voorafgegaan?

'Ik zal kijken wat ik kan doen.' Ze kon Burt nu eindelijk zien.

Hij was midden veertig, niet lang maar stevig gebouwd, met een rossig gezicht en ook een rossig baardje. Hij had een petje op zijn hoofd. In zijn ene hand had hij een sigaret en in zijn andere een geweer. Wat was het toch met mensen en geweren in deze omgeving?

Het was dezelfde man die eerder ruzie had gemaakt met Ranger.

Eindelijk gingen de twee mannen weg. Kat wachtte nog tien minuten totdat het geluid van hun voertuigen niet langer meer te horen was. Toen ze er zeker van was dat er niemand in de buurt was, waagde ze zich op de binnenplaats.

Het was heel duidelijk dat de mijn niet meer in gebruik was. Er was allerlei onkruid gaan groeien tussen de machines en de andere werktuigen; onkruid dat nu natuurlijk door de vorst dood was. Als ze ervan uitging dat het onkruid in de zomer was ontstaan, wees de aanwezigheid ervan op vele maanden inactiviteit. Ze kon later in het landhuis wel nagaan hoelang de mijn al niet meer in gebruik was. Op dit moment richtte Kat haar aandacht op het verkennen van het terrein. Misschien kreeg ze geen andere kans meer om dat in haar eentje ongestoord te doen.

De deur van de schuur zat wel dicht met een hangslot, maar dat was niet op slot gedraaid. Ze haalde het hangslot van de deur en duwde hem open. Ze stapte naar binnen en zag roestige machinerie en niet veel meer. Het verbaasde haar dat de mijn tot voor kort nog in gebruik was geweest, aangezien de uitrusting uit een ver verleden leek te stammen: oud, gammel en roestig.

Toch was de Regal Gold-mijn vol in bedrijf geweest, tot het residubekken een paar jaar geleden beschadigd was geraakt. Het was niet zo vreemd dat een onderneming die het drinkwater had verontreinigd en geweigerd had iets aan die vervuiling te doen, geen geld wilde uitgeven aan fatsoenlijk materiaal. Al het geld dat je kon besparen op investeringen kwam direct ten goede aan de bedrijfswinst.

Hier was niets te zien.

Kat draaide zich om om weg te gaan toen ze ineens bevroor. Er stonden tientallen dozen opgestapeld tegen de muur bij de deur. Ze was erlangs gelopen zonder die op te merken.

De dozen stonden er nog niet zo lang, want er zat geen stof of vuil op. Ze liep erop af. Met rode letters stond er op de dozen: *Powershot explosives, sinds 1959 leverancier van hoogwaardige materialen ten behoeve van mijnbouw, steengroeven en constructiewerkzaamheden.*

Dynamiet.

Hoewel dynamiet natuurlijk werd gebruikt in de mijnbouw, was deze mijn al jaren buiten gebruik. Toch leek de verpakking nieuw te zijn. Op de dozen stond het gewicht vermeld en de productiedatum. De meeste data waren van het laatste jaar; dat was vreemd in een mijn met roestige en al lang niet meer gebruikte machines. De schuur werd of gebruikt voor opslag, of iemand had andere plannen met deze mijn. Op de een of andere manier twijfelde ze aan die tweede mogelijkheid. Als iemand een vervallen mijn weer wilde opstarten, waren dynamiet en andere voorraden zeker niet het eerste wat ze zouden gaan kopen.

Aangezien er geen gebrek aan opslagruimte was in deze landelijke streek, had iemand met opzet in deze schuur iets opgeslagen. Buiten zicht. En of het terrein van deze mijn nu wel of niet afgelegen was, het opslaan van honderden kilo's dynamiet in een niet afgesloten gebouw was een voorbeeld van regelrechte nalatigheid. Als iemand hier zonder erbij stil te staan een lucifer of sigaret weggooide, kon de schuur in een klap in de lucht vliegen. Jonge kinderen, tieners... iedereen kon een niet afgesloten gebouw binnenlopen. Ze huiverde bij de gedachte en nam een paar foto's.

Kat liep de schuur uit en liep naar het einde van het parkeerterrein, op zoek naar het residubekken. Al snel zag ze de oorzaak van het verontreinigingsprobleem. Afgaande op de naam had ze gedacht dat het 'residu'-bekken tamelijk klein zou zijn. Maar eigenlijk ging het om een klein meer met een diameter van minstens een kilometer. Een hoge muur liep om het meer heen, maar een deel ervan was in elkaar gestort. Het was niet moeilijk om te begrijpen waarom. De hoge waterstand en de watermassa dreigden het overgebleven deel van de muur ook weg te spoelen.

Het aangrenzende land van de Kimmels was lager gelegen dan het terrein van de mijn en zou direct worden getroffen als de muur van het bekken geheel zou instorten. Prospectors Creek zou gemakkelijk buiten zijn oevers treden als al dat water in een keer uit het meer zou stromen. Ook het landgoed van Batchelor liep gevaar, maar wel in mindere mate.

Residubekkens bevatten de verontreinigde afvalstoffen van de mijnbouw; onder andere de chemicaliën die werden gebruikt en ook het erts dat overbleef nadat het goud en koper eruit waren gewonnen. Als het bekken goed was ontworpen, zou dat nog jaren nadat de mijn was uitgeput de afvalstoffen hebben kunnen vasthouden. Tenzij zo'n bekken beschadigd was geraakt, natuurlijk... en dit ding was duidelijk niet goed ontworpen.

Om het water in het bekken de huidige stand te laten bereiken moest de mijn jarenlang in gebruik zijn geweest. Dat had de bedrijfsleiding meer dan voldoende tijd gegeven om de omvang van het bekken te vergroten of een tweede bekken aan te laten leggen voordat het bestaande reservoir vol was. Maar ze hadden besloten de kosten laag te houden en de winst te optimaliseren. Als er iets was gedaan aan de waterstand, zou er helemaal geen milieuramp hebben plaatsgevonden.

Een halfbevroren stroompje water druppelde over de kapotte bekkenmuur en liep in bochtjes naar beneden in de richting van Prospectors Creek. Kat liep ernaartoe om beter te kijken. Halfvergane vissen lagen op elkaar bij de oever van de beek, goed te zien in hun bevroren toestand. Ze kokhalsde en wendde zich af.

Ook al besteedde men veel geld aan sanering, dan nog zou het jaren duren voordat het water weer te drinken was. Toch was er met de schoonmaak nog niet eens een begin gemaakt. Was er een reden voor waarom dat zo was? Als mensen lang genoeg gedwarsboomd werden, zouden ze hun land verkopen en wegtrekken. Ze moesten het in elk geval al héél lang zonder schoon drinkwater stellen.

Dit zou echt een kolfje naar de hand van de al wat oudere milieu-activist moeten zijn. Het gebeurde dicht bij huis en had met water en milieu te maken in een ongerepte omgeving. Waarom had Batchelor geen alarm geslagen? Kat zou verwachten dat hij samen met de Kimmels was opgetrokken. In plaats daarvan had hij zich tegen hen gekeerd.

Kat haalde haar camera tevoorschijn en maakte een paar foto's om aan Jace te laten zien. Plotseling hoorde ze iets achter zich.

'Handen omhoog.' De man sprak met zachte stem, maar klonk autoritair. Er knapten twijgjes onder zijn laarzen toen hij uit de struiken naar voren kwam. 'Doe die camera weg. Je mag hier geen foto's maken.'

Kat draaide zich snel om en zag een oudere man met lichtblauwe ogen die haar strak aankeek en zijn geweer op haar had gericht.

Hij had een oud honkbalpetje op met op de klep een klavertje-vier-embleem. Een tientallen jaren oud, blauw ski-jack hing los over zijn tengere gestalte; de versleten mouwen waren een centimeter of tien te kort. Hij was oud, minstens zeventig. Met licht trillende arm hield hij het geweer op haar gericht. De geringste beweging zou het geweer kunnen doen afgaan.

Ze deed langzaam haar armen omhoog. 'Niet schieten. Ik ben gewoon een toerist die een beetje rondkijkt.' Haar hart ging als een razende tekeer. Afgezien van Ed, die eigenlijk een vreemde was, had niemand enig idee dat ze hier überhaupt was.

'Natuurlijk niet. Er komen hier geen toeristen. Wie ben je echt?'

Kat gaf het op. 'Ik verblijf op het landgoed van Dennis Batchelor.' Waar kwam deze man vandaan? De enige voertuigen op de binnen-plaats van de mijn waren die van Ranger en Burt geweest, en die waren allebei weg. Ze was hier helemaal alleen met een oude malloot die met een geweer stond te zwaaien.

'Is dat zo?' Hij keek haar wantrouwend aan.

Kat hield zijn blik vast. Het ging hem niets aan waarom ze hier was. Als ze kalm bleef, zou hij haar vast en zeker laten gaan. Hij had geen reden om iets anders te doen.

De man maakte echter geen aanstalten om zijn geweer te laten zakken en ze bleven elkaar strak aankijken.

Kats geduld raakte op. De mensen in deze streek waren niet bepaald vriendelijk te noemen. 'Ja, ik logeer bij Dennis Batchelor. Bel hem maar en dan kunt u het navragen. Kunt u alstublieft dat geweer laten zakken?'

'Als je de foto's wist die je genomen hebt, doe ik dat misschien wel.'

'Waarom zou ik? Het zijn gewoon foto's van de omgeving.' Dat was niet echt waar, aangezien ze ook binnen in de schuur foto's had genomen. 'Ik doe niets illegaals.'

Hij keek wat onzeker en liet het geweer zakken. 'Stel dat ik je het voordeel van de twijfel geef... wat doe je hier nu precies?'

'Ik maak gewoon een wandelingetje. Ik had gehoord dat er hier een oude goudmijn was, dus ik wilde gaan kijken. Het is allemaal heel interessant. Ik hou van dit soort oude plekken.'

De schouders van de man leken wat minder gespannen. 'Het is beter als je nu weggaat. Ik ben de bewaker van de mijn en niemand mag hier komen. Verboden toegang.'

'Dat is vreemd, want ik was niet als enige hier. Er zijn net twee mannen weggegaan. Ze waren in die schuur daar.' Kat wees naar het gebouw. De man leek te oud om veel weerstand te bieden, maar hij had natuurlijk wel een geweer. Waar had hij uitgehangen toen Ranger en Burt hier waren?

'Oh?' Van zijn gezicht was niets af te lezen.

'Ranger en iemand die ik niet heb herkend.' Ze wachtte op een reactie.

'Ranger?' Het gezicht van de man betrok. 'Die mag hier helemaal niet zijn. Daar moet ik maar eens met Batchelor over gaan praten. We willen dat morgen alles rustig verloopt.'

'Wat is er morgen dan?'

'De actievoerders organiseren een demonstratie hier bij de mijn.'

Daar had Ed niets over gezegd. Zou die nog doorgaan zonder Elke en Fritz? 'En dat mag zomaar?'

De mondhoeken van de man krulden op en hij glimlachte een beetje. Of het was een grijns. Dat kon ze niet echt zeggen.

Het simpele feit dat er een bewaker was die de mijn in de gaten hield, betekende nog niet dat hij het eens was met de eigenaren van de mijn. Je kon niet zo gemakkelijk een baan vinden in een klein stadje. Plotseling bedacht ze dat hij net zo goed een van de actievoerders kon zijn. Het was niet zo moeilijk om partij te kiezen als het om je eigen drinkwater ging.

Wist hij iets af van wat de Kimmels deze ochtend was overkomen? Ze overwoog het te vertellen, maar besloot dat niet te doen. Iedereen kende iedereen hier. Als hij nog niets had gehoord over het ongeluk, dan was zij niet de juiste persoon om hem in te lichten. Hij zou het gauw genoeg te horen krijgen.

'Kunt u me een plezier doen?' vroeg Kat. 'Zeg tegen niemand dat u me hier gezien hebt. De mensen lijken nogal gauw in de stress te schieten als het om deze plek gaat.'

'Alsof ik dat niet weet,' zei de man.

'Ik heb uw naam niet goed verstaan,' zei Kat. Misschien kon hij haar wat achtergrondinformatie verschaffen over het geschil over het water.

'Dat klopt. Ik heb hem ook niet genoemd.' Hij bewoog met zijn hoofd in de richting van het weggetje. 'Je kunt nu maar het beste weggaan als je die foto's wilt houden, voordat ik van mening verander.'

Dit keer deed Kat wat haar gezegd werd. Ze had voor vandaag wel genoeg geweren gezien.

11

Kat liep zo snel als ze kon zonder te gaan rennen. Het voelde alsof er een geweer op haar rug was gericht, hoewel ze zich dat waarschijnlijk alleen maar inbeeldde. Ze ging recht af op het landweggetje en de veilige dekking van het bos. Ze dacht niet dat de bewaker met z'n geweer ook echt op haar zou gaan schieten, maar ze wilde haar geluk niet op de proef stellen. Dat had ze vandaag al een keer gedaan.

Ze slaakte een zucht van verlichting toen ze de grens van het mijnterrein bereikte. Het was niet waarschijnlijk dat hij op haar zou hebben geschoten, aangezien geweerschoten ongewenste aandacht trokken. Aan de andere kant kwamen geweren hier zo veel voor dat mensen er toch niet veel aandacht aan schonken.

Kat bedacht zich dat alleen Ed had geweten dat ze bij de mijn zou zijn. Bij afwezigheid van getuigen had de bewaker haar kunnen neerschieten zonder dat iemand daar achter zou komen. Dat was natuurlijk wel het slechtste scenario, maar ze had zich begeven op een terrein waar ze niet mocht komen en hem aanleiding gegeven om zijn vuurwapen te gebruiken. Was hij soms degene geweest die de eerdere schoten had afgevuurd toen ze achter de schuur stond? En wat nog belangrijker was: had hij ook doel getroffen?

Toen Kat het pad opliep, werd ze weer omgeven door struikgewas. Ze keek om en was blij dat ze het parkeerterrein niet meer zag. Dan kon de bewaker háár namelijk ook niet meer zien. Ze ging een beetje rennen, zo snel als ze kon over de gladde wortels en takken onder haar voeten. Kat baande zich een weg door de struiken in een poging zo veel mogelijk afstand te scheppen tussen zichzelf en de bewaker.

Als hij überhaupt een bewaker was geweest.

Hij had zich niet als zodanig geïdentificeerd; ze had dat gewoon aangenomen omdat hij zei het terrein te bewaken. Hij had geen uniform gedragen. Hoewel het zou kunnen dat bewakers in afgelegen gebieden informeel gekleed gingen, hadden bewakers normaal gesproken toch altijd bepaalde kenmerken waardoor je hen kon identificeren, zelfs als het om iets kleins ging als een honkbalpetje met een bedrijfslogo. Bewakers droegen in ieder geval nooit sjofele, slecht passende kleding. En gewoonlijk waren ze jonger dan zeventig...

Ach, het maakte allemaal niets meer uit nu ze zich op veilige afstand bevond van de mijn. In minder dan een uur zou ze terug zijn in de blokhut. Dat was maar goed ook, omdat het nu snel donker zou worden. Het bos was vreemd stil en soms was het moeilijk het pad goed te zien.

Een paar minuten later kwam Kat uit op een ander pad dat een hoek van negentig graden maakte met het pad waar ze op liep. Afgaande op de richting leek dat een snellere route te bieden naar het landhuis. Zou ze het langere pad nemen, waarvan ze zeker wist waar het heen ging, of haar geluk beproeven met het kortere?

Kat koos voor het laatste. Het werd al kouder en het ging nu ook harder sneeuwen. Op zijn best had ze nog een kwartiertje daglicht. Het licht dat er nog was drong maar moeizaam door het bladerdek van de bomen en ze kon maar een paar meter ver voor zich uitkijken. Rennen kon niet meer en zelfs stevig doorlopen was een probleem. Het was beter om de kortste route naar de verharde te vinden, omdat ze deze streek niet kende. Dit pad kwam daar bijna zeker rechtstreeks op uit. Als ze eenmaal de weg over was, kon ze het andere pad weer nemen.

Ondanks het dichte struikgewas lag er al vijf centimeter sneeuw op het pad. Ze liep nu vrij snel; de stilte werd alleen verstoord door het geluid van haar voetstappen op de verse sneeuw. Onder andere omstandigheden zou ze hebben genoten van de rust, maar nu vond ze het eigenlijk nogal eng.

Na een paar minuten zag Kat een open plek. Haar keuze voor het andere pad was verstandig geweest; ze had de afstand tot de straatweg aanzienlijk verkort. Opgelucht stapte ze de weg op. Hier lag wel meer sneeuw dan op het pad, maar het was toch gemakkelijker om lopen op een asfaltweg te lopen in plaats van op een oneffen pad van rotsen en een wirwar van wortels.

Ze had nog maar een minuut op de weg gelopen toen ze stokstijf bleef staan.

Een meter of vijftig voor haar uit zag ze Ranger en Burt, de man die samen met Ranger bij de mijn was geweest. Ze waren dozen aan het overladen: uit de laadruimte van de Ford F150 van Burt in de laadruimte van Rangers Landcruiser. En alweer stonden ze te kibbelen, zo te horen.

Kat dook weer de struiken langs de weg in, bang dat ze haar hadden gezien. Daar had ze zich echter geen zorgen om te hoeven maken, want de mannen gingen onverstoord door met waar ze mee bezig waren, zich niet bewust van haar aanwezigheid. Kat deed een paar stappen naar voren, klaar om ieder moment weer weg te duiken.

Haar adem stokte in haar keel toen ze besefte dat het om de dozen met explosieven ging uit de schuur bij de mijn. Explosieven gebruikte je maar voor één ding: dingen laten ontploffen. Burt moest dozen in zijn vrachtwagentje op de parkeerplaats hebben geladen, net voordat zij bij de mijn aankwam. Ze huiverde toen ze bedacht hoe weinig het had gescheeld dat ze ontdekt was.

De bewaker had zijn verbazing uitgesproken over Rangers en Burts aanwezigheid bij de mijn, maar misschien had hij wel gelogen. Tenslotte had hij haar wél zonder enig probleem betrapt. Maar waarom zou hij tegen haar hebben gelogen; een vreemde uit de stad?

Was de bewaker hier ook bij betrokken? Dat zou wel zijn bereidheid verklaren een geweer op haar te richten. Aan de andere kant leek zijn afkeurende reactie bij het horen van Rangers naam op iets anders te wijzen.

Ze hurkte in de struiken, een meter of vijfentwintig van de berm van de weg vandaan waar de mannen aan het ruziën waren. Door de sneeuw werden alle geluiden in de omgeving gedempt en daarom was ze blij dat er verder geen verkeer was. In de stilte droegen hun stemmen toch iets verder. Als ze echter nog dichterbij kwam, zouden ze haar zien.

'Dit is je laatste kans.' Ranger pakte de laatste twee dozen aan van Burt en zette die in zijn truck. 'Zorg dat het je deze keer wel lukt.'

De ander gromde instemmend.

'Ik meen het, Burt. Ditmaal moet je er op tijd zijn en je ervan verzekeren dat er verder niemand is. We kunnen geen ongewenste belangstelling gebruiken. Als we dit niet goed regelen, hebben we daar allemaal last van.'

Hoezo last? Doen alsof de lawine een ongeluk was, terwijl die met opzet in gang was gezet? Kat haalde haar mobiel uit haar zak en nam een foto van Ranger en Burt.

'Ja, ik weet het. Ik had haar helemaal niet gezien.' Burt veegde zijn handen af aan zijn jack en klom in zijn truck. Hij draaide het raampje naar beneden en leunde naar buiten. 'Even over morgen: ik bel je als het klaar is.'

Heel jammer dat ze het begin van het gesprek niet had gehoord.

'Laten we hier om twaalf uur afspreken.'

'Oké, maar alleen als er geen onvoorziene vertraging is of zich verdere complicaties voordoen.'

'Verdorie, Burt. Zórg gewoon dat er geen complicaties zijn. Dit keer moet alles kloppen; ik wil geen excuses horen. Ik kan je niet langer beschermen, dus regel het.' Ranger draaide zich om en liep naar zijn eigen voertuig.

Kat schrok. Burts truck draaide de weg op en kwam recht op haar af. Ze dook verder de struiken in om niet te worden ontdekt.

Na een minuut kwam Rangers Landcruiser ook langs.

Ze bleef wachten totdat beide voertuigen achter een bocht waren verdwenen. Toen ze zeker wist dat ze weg waren, verliet ze haar schuilplaats. Terwijl ze terug de weg opklauterde, snapte ze het ineens. Rangers opmerking over dat er niemand mocht zijn... die ging over háár. Zij was vanmorgen getuige geweest van de lawine.

De hele tijd had ze zich druk gemaakt over de sneeuwscootersporen, maar wel om de verkeerde reden. De sneeuwscooter was inderdaad een factor, maar nu vermoedde ze dat die was gebruikt om het dynamiet te vervoeren. Bestuurd door degene die de lading had geplaatst. Het geluid dat ze die morgen had gehoord was van een explosie die de sneeuw had laten schuiven. Een explosie die door iemand was veroorzaakt. Was Burt het geweest? Misschien hadden hij en Ranger elkaar voor het "ongeluk" ontmoet. Dat zou verklaren waarom Ranger haar pas zo laat had opgepikt.

Grote, natte sneeuwvlokken wervelden om haar heen en ze ging sneller lopen. Het licht van haar kleine hoofdlamp reikte niet verder dan een paar meter, waardoor haar voortgang ernstig werd belemmerd. Ze kon nauwelijks iets zien. Binnen een paar minuten was de sneeuwstorm in alle hevigheid losgebarsten.

Kat huiverde en realiseerde zich dat ze te laat was. Jace en Dennis moesten al klaar zijn met hun bespreking. Jace was inmiddels vast teruggegaan naar de blokhut; hij moest hebben gezien dat zij er niet was. Ze hoopte maar dat Ed gedaan had wat ze hem had gevraagd en foto's had genomen van de sneeuwscootersporen, voordat het bewijs voor altijd verloren ging. Het was nu pikkedonker en ze was moe en had het koud. Kat veegde de sneeuwvlokken weg die tegen haar wenkbrauwen en wangen plakten.

Haar gedachten gingen terug naar de halve lawine van gisteren. Rangers opmerkingen waren min of meer een bevestiging van zijn betrokkenheid. Dan was er nog dat dynamiet. Welke plannen de mannen ook hadden, ze moesten een halt worden toegeroepen. Daar was niet veel tijd voor als die plannen vóór morgenmiddag ten uitvoer zouden worden gebracht. Jammer genoeg had ze geen idee waar het een en ander zou plaatsvinden. Ze wist alleen maar dat ze voor morgenmiddag iets wilden opblazen.

Het lag voor de hand dat Ranger en Burt het vizier gericht hadden op de geplande demonstratie op het terrein van de mijn. Dat lag voor de hand omdat de meeste – of misschien wel alle – actievoerders zich daar zouden verzamelen. Op zo'n afgelegen plek konden de mannen gemakkelijk een val zetten.

Behalve dan dat Ranger en Burt in ieder geval een deel van de explosieven hadden meegenomen uit de schuur op de binnenplaats van de mijn... Dat suggereerde dat ze ergens anders iets wilden opblazen. Aangezien de mijn al een paar jaar niet meer werd gebruikt, hadden de actievoerders er zelf niets aan om daar schade aan te richten. Sterker nog, het residubekken zou mogelijk nóg verder worden beschadigd.

Maar als het niet bij de mijn was, waar dan wel? De wegblokkade? Ze moesten ergens bij elkaar komen vóór de geplande demonstratie en de wegblokkade was wel een logische plek. Maar die blokkade was niet meer dan een bepaalde plek langs de weg. Niet alleen zou door een explosie daar de enige weg naar Batchelors landgoed worden beschadigd, de explosieven zouden ook gemakkelijk kunnen worden ontdekt.

Haar gedachten gingen weer terug naar de mijn, aangezien dat nog steeds de meest voor de hand liggende plaats was om de actievoerders te treffen. Het was zeker dat ze daar op een bepaald tijdstip samen zouden komen én het was een plek waar je gemakkelijk een val zou kunnen zetten. De actievoerders zouden daar ook een gemakkelijke prooi vormen. Als er echter iets gebeurde, was het wel meteen duidelijk dat zij het doelwit waren geweest. Er waren gemakkelijker manieren om van mensen af te komen.

Tenzij de mannen het zo planden dat het leek alsof de actievoerders zélf iets hadden ondernomen.

De dood van het echtpaar Kimmel had op een ongeluk geleken: er was gewoon een lawine naar beneden gekomen. De volgende aanslag zou ook op een ongeluk kunnen lijken.

Ineens had Kat haar antwoord. Burt en Ranger moesten een deel van de explosieven hebben verwijderd om de actievoerders in een kwaad daglicht te stellen. Ze moesten gewoon wat explosieven planten bij het huis van een paar van de actievoerders. Een voorraadje explosieven wees erop dat zíj de explosie bij de mijn hadden voorbereid. Het was moeilijk om voor de aanwezigheid van fysiek bewijsmateriaal een goede verklaring te vinden.

Als Ranger en Burt echt explosieven tot ontploffing brachten tijdens de demonstratie, zou het lijken alsof de actievoerders daar zelf verantwoordelijk voor waren geweest. Een verschrikkelijk ongeluk, waarbij ze ongewild zichzelf hadden opgeblazen terwijl ze bezig waren om de mijn permanent te ontmantelen. Het was wel vergezocht, maar het was niet onmogelijk.

Kat ging zo op in haar gedachten dat ze het hek van het landgoed pas zag toen ze er vlak voor stond. Ze slaakte een zucht van opluchting. Eindelijk kon ze de warmte in. Ze versnelde haar pas en volgde het hek tot de oprijlaan.

Het donker waar ze last van had gehad, werkte nu in haar voordeel. Kat liep over het terrein, maar bleef onderaan de heuvel om ontdekking te voorkomen. Ze stak de oprijlaan over, die dik onder de sneeuw lag. Ze liep verder, dwars over het terrein, en glimlachte toen het landhuis in beeld kwam. De buitenverlichting wierp een warm aandoend licht over het gebouw en het terrein; een licht dat werd weerkaatst door het sneeuwdek.

Tot haar verrassing zag ze in de verste hoek van de parkeerplaats een helikopter op het asfalt staan. Nu pas besefte ze dat de aparte vierkante parkeerplaats een landingsplaats voor heli's was.

Kennelijk had Bachelor extra gasten. Raar dat hij daar niets over had gezegd; de afgelegen locatie van het landhuis leende zich niet echt voor onverwachte bezoeken. Gelet op het weer moesten de gasten al uren eerder zijn aangekomen, dus net na haar vertrek.

Ze haastte zich naar de blokhut, omdat ze Jace zo snel mogelijk op de hoogte wilde stellen van haar bevindingen en omdat ze meer wilde weten over de onverwachte gasten. Batchelor zat vol verrassingen. En zoals ze vandaag had ontdekt, waren dat niet allemaal leuke verrassingen.

12

Kat trok haar handschoenen uit en zocht naar de sleutel in haar zak. Ondanks de handschoenen waren haar vingers gevoelloos door de kou en ze had moeite om de sleutel om te draaien in het slot. Eindelijk ging de buitendeur open. Ze stampte met haar voeten om de sneeuw van haar laarzen te krijgen.

Het enige waar ze aan dacht was een heet bad en slapen. Ze voelde een stroom warme lucht toen ze de kamerdeur opendeed. 'Jace?'

'Waar kom jij vandaan?' Jace liep heen en weer, zijn gezicht rood aangelopen. 'Ik stond op het punt hulp in te schakelen.'

Niet echt een warm welkom, ook al nam ze het hem niet kwalijk dat hij boos was. Waarom had ze geen briefje achtergelaten? 'Sorry. Ik wilde alleen een korte wandeling maken, maar die is een beetje uit de hand gelopen.'

'Je kunt er gewoon niet zo in je eentje op uit trekken, Kat! Ik wist niet eens waar ik moest gaan zoeken. Ik was vreselijk ongerust.' Jace liep heen en weer voor het raam. De sneeuw viel nu zo snel dat de vallei helemaal niet meer te zien was.

'Ik dacht zeker te weten dat ik vóór jou terug zou zijn.' Ze wilde de weinige tijd die ze samen hadden niet besteden aan bekvechten. Ze had er bijna spijt van dat ze dit weekend überhaupt mee was gegaan. 'Ik kon je trouwens ook niet bereiken.'

'Daar gaat het niet om. Stel dat je zou verdwalen of gewond zou raken? Niemand zou weten waar je was.'

Kat voelde zich verslagen toen ze terugdacht aan haar confrontatie met de bewaker en zijn geweer. Die situatie had inderdaad gemakkelijk uit de hand kunnen lopen. 'Je hebt gelijk. Ik had niet weg moeten gaan zonder het tegen je te zeggen. Ik wilde gewoon niet dat Ranger meeging. Ik wil niet dat hij de hele tijd bepaalt wat ik doe.' Ze omarmde Jace. 'Ik vind het een griezel.'

Jace maakte zich los uit haar omarming. 'Hij is ook niet echt mijn favoriete persoon, maar in ieder geval ben je bij hem veilig. Het is daarbuiten gevaarlijk, met die lawines en zo.'

'Dat weet ik niet zo zeker.' Afgaande op wat ze te weten was gekomen, was precies het tegenovergestelde waar. 'Ranger is niet degene die jij denkt dat hij is. Híj is gevaarlijk, niet de actievoerders. Ik begrijp waarom ze hem niet mogen.'

Ze haalde haar camera tevoorschijn en klikte door de foto's. De foto's die ze bij de mijn had genomen waren donker en onderbelicht, maar het was zonneklaar dat de mijn vervallen en verwaarloosd was. Ze klikte net zolang door totdat ze de foto had van Ranger en Burt op de straatweg. Die was heel scherp; het was duidelijk dat Burt een doos aan Ranger gaf. Zelfs de tekst op de doos was te lezen.

'Kijk hier eens naar.' Ze gaf de camera aan Jace. 'Die dozen bevatten dynamiet.'

'Waar hebben ze explosieven voor nodig?' Jace hield de camera omhoog naar het licht en kneep zijn ogen samen.

'Natuurlijk om dingen op te blazen. Dynamiet kun je voor vele doeleinden gebruiken. Je kunt er bijvoorbeeld ook lawines mee veroorzaken.'

Hij schudde zijn hoofd. 'In een mijn gebruiken ze nou eenmaal explosieven. Daar is niets raars aan.'

'Jace, die mijn is al jaren dicht.' Ze tikte op de camera. 'Die dozen zijn nieuw.'

'Je denkt toch niet dat Ranger..."

'Ik weet niet wat ik moet denken.' Ze vertelde Jace over haar ontmoeting met Ed bij de wegblokkade en de flarden van de gesprekken die ze had opgevangen. 'Het is Ranger voor wie we bang moeten zijn. En mogelijk Dennis. Ik weet zeker dat hij er op de een of andere manier bij betrokken is.' Ze vertelde hem over de plannen die Ranger en Burt voor morgen hadden.

'Ik heb met geen van beiden veel op, maar dat is wel moeilijk te geloven. Weet je zeker dat je het goed gehoord hebt?'

Kat knikte. 'Wat ze ook van plan zijn, het gaat morgenochtend gebeuren. Ik weet alleen niet wat ze precies van plan zijn. Ze hebben zich al ontdaan van de Kimmels. Nu kunnen ze Ed en de andere actievoerders definitief het zwijgen opleggen. We moeten hen tegenhouden.'

'Dit is belachelijk. Ze kunnen mensen toch niet gewoon opblazen en daarmee wegkomen!'

'Tenzij het lijkt alsof er wéér een ongeluk is gebeurd. Net als met de lawine.'

Jace schudde zijn hoofd. 'Maar waarom? Wat hebben ze eraan?'

'Dat weet ik nog niet, maar er moet iets zijn. Van één ding ben ik zeker – als een ongeluk maar echt als een ongeluk overkomt, wordt het niet eens onderzocht. Net als bij de Kimmels. De politie is niet eens gekomen. De opsporings- en reddingsbrigade vertelt hen dat het om een ongeluk gaat en de zaak wordt gesloten. Of eigenlijk is er niet eens een onderzoek gestart.' Sommige personen in de omgeving hadden veel macht, direct of indirect.

Kat ging naar de badkamer om een douche te nemen. Toen ze terugkwam, ging ze op het bed zitten en zette ze haar laptop aan. 'Ik moet zorgen dat ik zoveel mogelijk te weten kom over deze streek. Het heeft iets te maken met land. Kennelijk wilde Batchelor een nieuwe weg laten aanleggen die miljoenen zou kosten. Niemand doet dat als er al een goede weg is. De huidige straatweg is prima geschikt om het landhuis te bereiken, dus waarom zou hij iets daaraan willen veranderen?

Jace fronste. 'Tenzij die huidige weg niet geschikt is voor toekomstig gebruik.'

'Precies. De bestaande weg ziet er goed uit. Die gaat nog jaren mee en wordt niet veel gebruikt. Is die nieuwe weg nodig voor meer mensen, of voor andere bedrijven, of voor beide? Misschien wil Dennis ook meer land hebben. Als hij iedereen weg krijgt, kan hij hun land goedkoop op de kop tikken.'

'Hij heeft anders niets gezegd over nieuwe bouwprojecten. Hij heeft trouwens ook niets gezegd over plannen voor een weg of dat die zouden zijn verworpen. Wil je nou zeggen dat ze sabotage plegen?'

Kat knikte. 'Dennis heeft zijn zin niet gekregen toen hij het via de normale kanalen probeerde. Ik vermoed dat hij nu zijn toevlucht heeft genomen tot andere, onaangename methoden. Als we dat kunnen aantonen, kunnen we misschien een nieuwe ramp verhinderen.'

'Als het daarom gaat. Kun je het niet rechtstreeks aan Dennis vragen?'

Kat fronste. 'Waarom zou ik dat doen?'

'Niet over het saboteren van zaken, maar over plannen voor een nieuwe weg.' Jace wees naar haar laptop. 'Als hij echt een plan heeft ingediend dat is afgewezen, moet dat algemeen bekend zijn. Het is ook een legitieme vraag die ik kan stellen als zijn biograaf. Het verbaast me dat hij er niets over gezegd heeft...'

'Hij vertelt jou alleen over zijn successen en niet over de dingen die verkeerd zijn gegaan.'

'Dat is precies wat ik vervelend vind aan deze opdracht.' Jace zuchtte. 'Het gebrek aan objectiviteit. Ik schrijf gewoon op wat hij me dicteert. Ik weet alleen niet zo zeker of hij echt zijn toevlucht zou nemen tot sabotage. Maar laten we het hem maar gewoon op de man af vragen.'

'Ik zoek mijn aantekeningen uit en vraag hem er morgen naar. Dan heb ik vanavond een paar uur om verder onderzoek te doen.'

'Ik ben bang dat dat moet wachten. We worden vanavond verwacht op het galadiner.'

'Galadiner? Vanavond?' Dat verklaarde de helikopter, maar een galadiner op een afgelegen bergtop midden in de winter? Daar had Kat niet op gerekend.

'Batchelor heeft een aantal hooggeplaatste personen uitgenodigd – speciaal voor vanavond – en ik moet erbij zijn. Een paar mensen van de regering, een paar aanhangers van de milieubeweging uit zijn jonge jaren. Het idee is dat het diner "materiaal" oplevert voor zijn biografie.' Jace maakte met zijn vingers aanhalingstekens in de lucht. 'Tenminste, dat is wat hij zegt.'

Hij was nog steeds boos over zijn rol als ghostwriter; iets wat Kat heel goed begreep.

'Ik blijf wel hier,' zei ze. 'Ik heb toch niets moois om aan te trekken. Zeg maar dat ik nog steeds aan het bijkomen ben van de lawine van vanmorgen.'

Jace trok een grimas. 'Ik heb Dennis al gevraagd naar de dresscode en hij zei dat het niet uitmaakte. Hij verwacht je wel. Bovendien kun je me niet met al die mensen alleen laten. Ik heb je nodig. Jij bent mijn excuus om eventueel vroeger weg te gaan.'

Daar kon Kat niet echt iets tegenin brengen. Ze was Jace ook wel iets verschuldigd: ze was er zomaar vandoor gegaan en had hem vreselijk ongerust gemaakt. 'Maar we moeten wel die plannen voor morgen zien te dwarsbomen.'

'Dat doen we ook, nádat we naar dat diner zijn geweest. Je hoeft niet zo lang te blijven; je moet gewoon even je neus laten zien. Wie weet, misschien verzamelen we nog meer informatie. Hoe dan ook, Batchelors biografie is een ideaal excuus om vragen te stellen. Zoals hoe het nu precies zit met elkaar bestrijdende actievoerders in een afgelegen bergstreek.'

Kat knikte. 'Dat geruzie lijkt zo buitensporig, als je kijkt naar hoe dunbevolkt dit gebied is. Maar ik vermoed dat het daar nu juist om gaat. De plaatselijke bevolking wil hier geen projectontwikkelaars, dus staat er voor hen veel op het spel. Ik denk alleen dat zij geen kwaad in de zin hebben. Ze zijn wel boos, maar niet gewelddadig.'

'Heb je met hen gepraat dan?'

'Ja. Na dat gesprekje met Ed begrijp ik wel hoe ze tegen de zaak aankijken. Het gedoe met dat residubekken heeft hun schone drinkwater verontreinigd en hun land in waarde doen dalen. De buitenlandse eigenaren van de mijn luisteren gewoon niet naar hen; ze saneren de mijn niet en ze doen ook niets aan het water. En de plaatselijke bevolking moet het allemaal maar slikken. Ik zou ook protesteren. Dat zou jij ook doen in hun positie.'

Kat rommelde ondertussen in haar weekendtas om iets te vinden dat ze die avond aan kon trekken. Ze koos een blauwe trui en een zwarte broek.

'Batchelor zegt dat ze tamelijk gewelddadig zijn.'

'Die indruk heb ik helemaal niet gekregen.' Afgezien dan van de geweren, maar nu Kat wist waar ze mee te kampen hadden, was het wel begrijpelijk dat ze die hadden. 'Het lijkt erop dat juist die actievoerders uit de stad niet vies zijn van geweld.'

Ze had die andere actievoerders overigens niet gezien, alleen maar het landweggetje dat zij versperd hadden. Te oordelen naar het commentaar van Ranger en Ed traden zij niet echt op de voorgrond. Dat was wel wat vreemd, aangezien ze zo dol waren op publiciteit. Volgens Ed probeerden ze altijd de plaatselijke bevolking af te troeven. Zouden ze meedoen aan het protest van morgen?

'Is er nóg een groep actievoerders?' Jace trok zijn wenkbrauwen op. 'Die heeft Batchelor niet genoemd.'

'Ed wel, en Ranger ook.' Ze vertelde hem over de bomen die de weg hadden versperd, toen Ranger en zij er die ochtend met de sneeuwscooter op uit waren gegaan. 'De actievoerders uit de stad zijn "beroepsdemonstranten" die ophef willen veroorzaken. Ze gebruiken het residubekken van de Regal Gold-mijn als een soort springplank om hun eigen agenda onder de aandacht van de media te brengen. Tot nu toe heeft dat niet gewerkt.'

Hoe ironisch dat Batchelor vroeger net zo'n soort actievoerder was geweest die sterk de aandacht trok. Hij had gebruik gemaakt van publiciteitsstunts om in de krant en op tv te komen en zo de zaak waarvoor hij streed op de voorgrond te brengen.

'Hmm.' Jace krabde aan zijn kin.

'Wat?'

'Hoe zijn die actievoerders hiernaartoe gekomen, midden in de winter met al die afgesloten wegen? Door de lucht, net zoals wij?'

Kat haalde haar schouders op. 'Ik neem aan van wel. Vliegen is alleen wel duur. Non-profitorganisaties hebben doorgaans niet veel geld. Deze mensen kennelijk wel.' Protesten gedurende de winter waren ongewoon. Dat was ook wel logisch met deze kou. Die was niet alleen oncomfortabel voor de actievoerders, maar ook de media besteedden er daardoor niet zo veel aandacht aan.

'Heel veel geld. Tenzij ze financieel geholpen worden door iemand anders.' Jace keek op zijn horloge. 'We moesten zo maar eens naar het landhuis gaan. Het diner begint over een half uur.'

'Er is één ding dat ik niet begrijp,' zei Kat. 'Ze hebben ruzie met de plaatselijke actievoerders. Dat is toch puur zonde van de tijd. Waarom bundelen ze hun krachten niet?'

'Precies. Beide groepen protesteren tegen het kapotte residu-bekken en het verontreinigde water. Door met elkaar ruzie te maken wordt de aandacht juist afgeleid van de zaak waarvoor ze strijden. Als de actievoerders uit de stad bekendheid willen krijgen, zijn er wel andere goede doelen die nog belangrijker zijn... én toegankelijker. Hoe heet hun organisatie?'

'Geen idee.' Kat schudde haar hoofd. 'Als ik de naam wist, zou ik er wel achter kunnen komen waar ze hun geld vandaan krijgen. Maar ik heb geen idee wie het zijn.'

Jace trok zijn laarzen aan. 'Wij zijn hier met een privévliegtuig gekomen en we verblijven op het landgoed van Batchelor. Waar verblijven die actievoerders? Die moeten toch ook met een vliegtuig zijn gekomen, net als wij. Iemand moet dat weten.'

Degenen die het wisten, zeiden helaas niets. Jace had wel een punt. Er waren geen hotels in de nabije omgeving, dus ze logeerden of bij iemand uit de buurt, of ze verbleven in een hotel in Sinclair Junction. De tweede mogelijkheid lag het meest voor de hand.

Actievoerders wilden altijd de aandacht trekken. Toch waren de actievoerders uit de stad vrijwel onzichtbaar. Wie waren ze, en waarom waren ze zo moeilijk te vinden?

13

Het feest was al in volle gang toen Kat en Jace bij het landhuis arriveerden. De grote ontvangstruimte was half vol door de aanwezigheid van vijftig mensen, voornamelijk oudere echtparen. De mannen zagen er allemaal hetzelfde uit: gezet, met blozende wangen en stram in hun te strak zittende, zwarte pakken en glimmende schoenen. De meeste vrouwen droegen een semiformele jurk met een parelketting, het gebruikelijke "uniform" voor fondsenwervers op jacht naar geld.

Kat keek de kamer door om te zien of Ranger er ook was, maar gelukkig was dat niet zo. Dat was aan de ene kant prettig, maar aan de andere kant ook niet. Ongetwijfeld was hij de aanslag aan het voorbereiden die voor morgen gepland stond.

Kat voelde zich vreselijk in haar vrijetijdskleding. Zelfs Jace droeg iets dat bij de rest van de mensen paste. Hij had het donkerblauwe pak aan dat hij altijd meenam voor "noodgevallen"; zijn uitdrukking voor speciale diners en soortgelijke evenementen. Die moest hij ten koste van alles vermijden, behalve als hij er verslag van deed als journalist.

Hij zag er in ieder geval uit zoals het hoorde. Zij niet. In haar trui en broek was ze met afstand het meest nonchalant gekleed van alle mensen in de kamer. Kat verwenste zichzelf; waarom had ze geen jurk meegenomen voor de zekerheid? Goed, ze had er natuurlijk nooit op gerekend dat ze terecht zou komen bij een politiek fondsenwervingsdiner boven op een afgelegen bergtop midden in de winter. Ze had een weekend in de vrije natuur verwacht, geen galadiner.

Kat volgde de andere gasten naar de eetzaal. Drie grote, ronde tafels waren toegevoegd aan de grote eettafel om plaats te bieden aan de gasten. Bij elke plek lag een naamkaartje; tot haar verbazing zaten Jace en zij niet naast elkaar, hoewel ze beiden wel aan de grote eettafel zaten. Jace zat rechts van Dennis en zij zat tussen twee vrouwen aan de andere kant van de tafel. Ze ging zitten, dankbaar voor de kans die het haar gaf om haar vrijetijdskleding te verbergen.

De vrouw links van haar droeg een formele avondjurk van koningsblauw katoen. Daarbij droeg ze een halsketting van saffier en diamant, die niet echt gemakkelijk zat rond haar iets te dikke nek. Kat glimlachte naar haar, hoewel ze deze avond niet in de stemming was om over koetjes en kalfjes te praten.

Ze maakte zich nog steeds zorgen over het dynamiet en kon zich nergens anders op concentreren. Waar en hoe wilden ze dat gaan gebruiken? Om nog een lawine naar beneden te laten komen?

Kat zag dat de vrouw haar aanstaarde en besefte dat die iets gezegd moest hebben. Ze had het helaas niet gehoord.

De vrouw naast haar glimlachte. 'Je bent nog steeds helemaal ondersteboven van het ongeluk, zeker. Ik heb het hele verhaal gehoord.'

Haar metgezel kwam haar vaag bekend voor, hoewel Kat niet wist waarvan. Ze keek opzij naar het naamkaartje en herkende direct de naam: Rosemary MacAlister. Natuurlijk. Rosemary was bijna net zo beroemd als haar man, de politicus George MacAlister. Ze was iemand uit de hoogste kringen van Vancouver en was aanwezig bij een groot aantal liefdadigheidsfeesten. Dit echtpaar had macht en deed grote donaties; er was zelfs een vleugel van het ziekenhuis naar hen genoemd.

Batchelors galadiner hoorde kennelijk bij hun rondje van sociale evenementen, ook al vond het op een afgelegen locatie plaats. Kat vroeg zich af waarom, totdat ze besefte dat het ging om een fondsenwervingdiner voor George MacAlister, Rosemary's echtgenoot. Hij wilde herkozen worden en dit diner paste in een reeks van evenementen om geld bij elkaar te krijgen voor de verkiezingscampagne.

'Ik ben nog wat van slag, maar het gaat wel weer.' Kat barstte van de honger: een duidelijk teken dat ze er weer bovenop was. Haar maag knorde bij de gedachte aan voedsel.

Jace had in de blokhut gezegd dat het bij het feest ging om een diner van duizend dollar per couvert, compleet met canapés met kaviaar, een wijnproeverij en een whiskeybar. Kat kon zich niet voorstellen dat ze ooit zo veel zou betalen voor een diner, maar ja: Jace en zij pasten ook nauwelijks bij het clubje multimiljonairs dat naar het feestje van het machtige echtpaar was gekomen.

Zelfs bij een prijs van duizend dollar per couvert zouden de kosten niet worden gedekt. Batchelor stond waarschijnlijk garant voor het verschil. Achter de schermen werden vaak giften in natura gedaan die niet openbaar werden gemaakt; vooral giften aan politici die onderworpen waren aan nauwkeurige controle.

Kat verbaasde zich over het aantal gasten dat er ondanks de wegafsluiting in geslaagd was midden in de winter hiernaartoe te komen. 'Ik had nooit gedacht dat een evenement als dit op zo'n afgelegen locatie zou plaatsvinden. Vooral nu het buiten zo stormt.'

'Ja, het weer is echt vreselijk.' Rosemary hief haar halfvolle glas en dronk het leeg. Ze zette het wijnglas neer op tafel, maar ze stootte het per ongeluk om. Er vielen rode druppels op het witte tafelkleed. 'Ach hemeltje. Ik denk dat ik dat extra glas martini in de helikopter beter niet had kunnen nemen.'

'Bent u komen vliegen?' Kat kon zich niet voorstellen dat er in een helikopter glazen martini werden geserveerd.

Rosemary knikte. 'We zijn allemaal komen vliegen. Dennis heeft zijn helikopter gestuurd om ons op te pikken. Hij moest er natuurlijk wel voor zorgen dat de eregast aanwezig was.'

'Er moeten hier minstens vijftig mensen zijn,' zei Kat. De meeste mannen stonden intussen verzameld bij Dennis, aan het hoofd van de tafel. Jace stond er ook bij.

Rosemary lachte. 'We hebben in groepjes gevlogen, vier tot zes personen tegelijk. Het leek wel spitsuur. Later vanavond vliegen we weer terug.'

Arme piloot, die zo lang moest wachten. De vliegcondities waren niet bepaald ideaal. Eigenlijk was het regelrecht gevaarlijk. De zware sneeuw had zich ontwikkeld tot een sneeuwstorm, die volgens de weersverwachting pas in de loop van morgenochtend zou gaan liggen. Maar de gasten leken zich niet te bekommeren om het weer buiten.

En ze gaven kennelijk ook niet om het gebrek aan voedsel. Een uur later pas arriveerde de eerste gang, binnengebracht door obers in smoking. Kat kromp ineen in haar stoel. Nu voelde ze zich écht sjofel.

De eerste gang bestond uit een kleine salade van gerookte zalm en citrusvruchten, kunstig opgemaakt op een paar slablaadjes. Ze vroeg zich af welk deel van de duizend dollar deze gang voor zijn rekening nam en of de ingrediënten ook waren ingevlogen. Kon je duizend dollar aan een diner uitgeven en na afloop nog steeds honger hebben? Kat hoopte maar dat de koelkast in hun blokhut etenswaren met wat meer koolhydraten bevatte, want het zag ernaar uit dat dit diner aan de zeer lichte kant was na haar calorievretende tocht van vandaag.

Iemand tikte haar lichtjes op de arm. Ze draaide zich om en zag Dennis staan, ook met een smoking aan. Waarom had hij Jace niet goed ingelicht over de dresscode? Met de voorbereidingen voor dit diner waren ze toch al maanden bezig?

'Ik ben blij dat je kon komen,' zei hij. 'Ik zie dat je al kennis hebt gemaakt met Rosemary, de vrouw van George.'

Kat knikte. Het overduidelijke trucje om de mannen en vrouwen van elkaar te scheiden ergerde haar en deed sterk denken aan seksisme. Wat had zij in vredesnaam gemeen met een societyvrouw die dertig jaar ouder was, afgezien van hun geslacht? Aan de andere kant was zij dit weekend met Jace meegekomen; Jace was de officiële gast. In plaats van moeilijk te doen, kon ze beter achteroverleunen en genieten van het eten en drinken. Die arme Jace moest zijn rol van officiële biograaf blijven spelen.

Niet dat Kat de tel bijhield, maar Rosemary was nu al aan haar vierde glas wijn bezig en de tweede gang was nog niet eens opgediend. Ze hadden net de salade van de eerste gang op, toen Dennis opeens weer achter hen verscheen.

'Nog een beetje wijn?' Dennis glimlachte naar Rosemary en vulde haar glas bij uit een duur uitziende fles Merlot.

Hij wendde zich tot Kat. Ze schudde haar hoofd en wees op haar nog volle glas. 'Voor mij niet.'

Toen Dennis weer buiten gehoorsafstand was, boog Rosemary zich naar haar toe. 'Ik heb zo'n hekel aan dit gedoe,' sprak ze op slepende toon. 'Ik moet me erdoorheen slaan en om geld vragen.'

Haar buurvrouw was nu al half dronken en het evenement was nog maar nauwelijks begonnen. Kat keek wanhopig de kamer door en probeerde een ontsnappingsplan te bedenken. 'Ik had nooit gedacht dat er hier in de bergen zo'n evenement zou plaatsvinden,' zei ze intussen.

'Dennis geeft de héle tijd dergelijke feesten. Verder heb je niet zo veel aan hem, maar hij weet wel hoe hij een feest moet organiseren.'

Ineens werd alles een stuk interessanter. Klaarblijkelijk had Rosemary niet zo'n hoge dunk van Batchelor. 'U kent Dennis zeker al heel lang?'

Rosemary knikte. 'We zijn allemaal opgegroeid in deze streek. George en Dennis zaten op school in dezelfde klas. Ik zat twee klassen lager.'

'Hier? In de bergen?' Het was nog niet bij Kat opgekomen dat Dennis zelf uit Paradise Peaks afkomstig was. Ze had gewoon aangenomen dat hij hiernaartoe was verhuisd om dichter bij de natuur te zijn, niet dat hij terug was gegaan naar waar hij zijn wortels had.

'Niet hier precies. In Sinclair Junction. Maar onze families hadden allemaal land hier in de bergen. Het is nog steeds een achterstandsgebied, maar daar proberen wij wat aan te doen.'

'Hoe dan?' Wat bedoelde ze met "wij"?

'We moeten de economie hier een zetje geven,' zei Rosemary. 'Nadat de mijn een paar jaar geleden dichtging, is er niets voor in de plaats gekomen. Geen bedrijvigheid, geen banen. George wil daar verandering in brengen door het toerisme te ontwikkelen. Er zijn plannen voor een nieuw ski- en vakantieoord.'

'Oh ja? Dat wist ik niet. Het is hier erg mooi en de bergen lijken me een ideale plek voor een skioord.' Haar gedachten gingen terug naar Elke en Fritz. Ideaal... behalve voor de leden van de plaatselijke bevolking die ertegen waren. En dat gold voor bijna álle huidige bewoners.

'Het wordt nog beter als we de asfaltweg uitbreiden. Het is gewoon belachelijk hoe vaak die weg afgesloten moet worden in de winter.'

'Hoe zit het lawines? Is het gebied niet te gevaarlijk om te skiën?'

'Op dit moment wel, maar het nieuwe skioord gaat gebruik maken van gecontroleerde ontploffingen om lawines in goede banen te leiden. Dat wordt gewoon een onderdeel van de normale praktijk. We kijken heel erg uit naar het nieuwe project.'

Rosemary dronk haar glas leeg. Kat hield de fles omhoog en de vrouw knikte. Ze vulde Rosemary's glas bij. Nou, dat was een meevaller: ze hoefde nergens anders naartoe. Alle informatie die Kat had willen opsporen, werd geleverd door de persoon naast zich.

'Ik had geen idee dat er een project op stapel stond.' Dennis had er niets over verteld. Ook Ranger niet, of die mensen bij de wegblokkade. 'En hoe zit het dan met de grond die aan de mijn toebehoort?'

Rosemary's mond viel open. 'Uh-oh. Ik ging ervan uit dat Dennis je dat had verteld.'

'Wat precies?'

Rosemary giechelde. 'Ik heb mijn mond voorbijgepraat. Geloof ik. Nou ja, nu ik dat toch al gedaan heb, kan ik je net zo goed alles vertellen.' Ze knikte met haar hoofd in de richting van Batchelor. 'Dit landgoed is nog maar het begin. Samen met het land in de nabije omgeving gaat het om het begin van het Golden Mountain Resort, een bouwproject van ongeveer vierduizend hectare.'

Batchelors landgoed omvatte slechts honderdzestig hectare. Dat hield in dat hij al het land nodig had dat aan zijn eigen bezit grensde, en daarnaast nog meer land. Met inbegrip van het bezit van Elke en

Fritz én het land van de mijn. Maar dat was verontreinigd land en een beek, Prospectors Creek, die ook vervuild was.

Kat speelde het spelletje mee. 'Nu je het zegt, ik kan me dat inderdaad herinneren. Dennis heeft er terloops iets over gezegd, maar ik heb de details niet onthouden.'

'Het wordt een geweldig woonoord,' zei Rosemary. 'Een toonbeeld van milieubewust ondernemen, volledig zelfvoorzienend met zonne-energie, water uit de gletsjer en een organisch restaurant met op het menu voedsel dat allemaal in de buurt wordt geproduceerd.'

Het water van de gletsjer was gewoon het bestaande drinkwater, aangezien het reservoir zijn water kreeg van de gletsjer. De ongerepte natuur was iets waar een marketeer alleen maar van kon dromen.

Het verontreinigde water vormde een belemmering voor de plannen van Batchelor, maar hij leek zich er niet druk om te maken. Het residubekken moest worden aangepakt voordat het project voortgang kon vinden. Aangezien dat vele tonnen zou kosten, kon er toch beter ergens anders worden gebouwd? Het was niet zo logisch om een verontreinigde locatie te kiezen, maar misschien had Dennis zich daar al op gericht voordat de milieuramp met het residubekken plaatsvond. Toch leek het om een verliesgevend project te gaan, en miljardairs stonden erom bekend dat ze zich concentreerden op winstvooruitzichten. Er waren nog veel meer plaatsen waar hij een vakanticoord kon bouwen, dus waarom dan hier, gezien alle belemmeringen?

Wat Dennis' redenen ook waren, het was duidelijk dat hij het aangrenzende land nodig had voor een aaneengesloten gebied. En dat land was niet te koop.

'Batchelors landgoed is niet groot genoeg voor een uitgestrekt vakantieoord. Hoe kan daar dan een groot aantal mensen worden ondergebracht?' vroeg Kat. Batchelor wist precies wie zijn tegenstanders waren, als gevolg van zijn mislukte aanvraag van een paar jaar geleden. Tot die tegenstanders hadden in ieder geval Elke en Fritz behoord. Als geld hun er niet toe gebracht had om hun land te verkopen, kon Batchelor dan zijn toevlucht hebben genomen tot andere methoden?

'Dat is niet nodig,' lachte Rosemary. 'Dit landgoed is slechts een klein deel van wat een exclusieve, beveiligde woongemeenschap gaat worden. Er komen duizend kavels van vierduizend vierkante meter; je kunt er 's winters skiën en 's zomers golfen.'

'Golfen?' Als ze meer mensen hiernaartoe haalden, beloofde dat niet veel goeds voor de ongerepte natuur.

'Gewoon een baan met negen holes om mee te beginnen,' zei Rosemary bijna verontschuldigend. 'In de tweede fase komt er een golfbaan met achttien holes waar echt toernooien kunnen worden gespeeld.'

'En dat allemaal voor duizend huizen?'

'Er komt ook nog een hotel,' zei ze enthousiast. 'Het wordt geweldig als de mensen eenmaal dit verborgen paradijs ontdekken. Ik kan gewoon niet wachten.'

Het klonk alsof de ongerepte bergwereld een monumentale verandering te wachten stond. En het betekende ook een significante verandering in de opstelling van een gerespecteerde milieuactivist. Batchelor had zijn "groene" ziel verkocht aan de commercie.

Een flink deel van de winst die Dennis zou behalen zou waarschijnlijk worden gestopt in George MacAlisters verkiezingscampagne. Het project kon niet doorgaan zonder de vereiste goedkeuring van de overheid. Een goedkeuring die George, als minister van Milieu, snel door de gebruikelijke kanalen kon loodsen.

Plotseling viel alles op zijn plek.

Het project was vele miljoenen waard voor een man die al miljardair was. Was dat genoeg om zijn reputatie eraan op te offeren en zijn groene verleden de rug toe te keren?

Leverde het project genoeg geld op om er mensen voor te laten vermoorden..?

14

R osemary kletste Kat de oren van haar hoofd tijdens het diner, het dessert en de koffie. Het geheel duurde twee uur en er waren zoveel gangen dat Kat de tel kwijtraakte. Langzaam verdween haar honger. Er stond niets op het menu dat volgens haar uit de buurt kwam, van de wilde zalm van het voorgerecht tot de cognac na afloop. Alles was ingevlogen vanaf de kust en zelfs voor een miljardair als Batchelor moest het om heel veel geld gaan. Hoe meer ze over hem te weten kwam, hoe minder ze eigenlijk echt wist. Als privépersoon was hij heel anders dan hoe de buitenwereld over hem dacht.

Ze snakte ernaar om haar benen even te kunnen strekken, maar ze kon niet weg. Rosemary zat aan een kant en de vrouw aan de andere kant – een binnenhuisarchitecte – onderbrak hen steeds om haar laatste project aan de orde te stellen.

Kat wilde niets liever dan terugkeren naar de blokhut om de opmerkingen van Rosemary op papier te zetten. Als ze eenmaal in de geschiedenis dook van Paradise Peaks, kon ze vast achterhalen welke rollen Rosemary, George en Dennis hadden gespeeld in hun geboortestadje. Van die drie had alleen Dennis hier nog een huis, maar dat betekende niet dat het echtpaar MacAlister geen connecties ter plaatse had. En dan was er het Golden Mountain woonoord, het bouwproject waarover Rosemary had gesproken. Verder kon de afgewezen bouwaanvraag die Dennis had gedaan aanwijzingen opleveren naar zijn plannen voor de toekomst.

Ze moest met Jace overleggen zonder dat er iemand bij was. Hij was vast nog niet op de hoogte van Dennis' plannen voor een woonoord in de bergen, anders had hij er wel iets over gezegd. Jace zou misschien dezelfde conclusie hebben getrokken over dit galadiner als zij. Door zijn financiële bijdragen aan de herverkiezingscampagne van George MacAlister probeerde Dennis een gunstige behandeling van de overheid te krijgen. Dat verhaal van beïnvloeding speelde dus ook nog eens; een verhaal dat bijna zeker zou worden weggelaten uit de officiële biografie van Dennis Batchelor.

Ze keek de kamer rond. Nu het diner voorbij was, stonden de meeste gasten in kleine groepjes te praten of ze liepen rond. Ze zag Jace bij de whiskeybar staan. Om hen heen stonden vijf of zes mannen van middelbare leeftijd die zich aan hem opdrongen. Ze lachten en spraken op luide toon met steeds mooiere verhalen over Batchelor. Ze schetsten een beeld van zichzelf dat hen belangrijk maakte in het leven van Batchelor, in een nauwelijks verholen poging om zichzelf de biografie van Batchelor binnen te kletsen.

Jace zag er moe en geïrriteerd uit. Ongetwijfeld hadden ze hem ook het hele diner lang de oren van het hoofd gekletst, net als bij haar was gebeurd. Maar zij had in ieder geval interessante informatie verzameld. Eindelijk slaagde Kat erin Jace' aandacht te trekken en ze gebaarde dat hij naar de hal moest komen.

Hij liep de kamer door en samen stapten ze de hal in. Er klonk gelach uit de eetkamer. Ze waren alleen, maar door de akoestiek van de grote, holle ruimte werd hun gefluister op onaangename wijze versterkt.

Kat vertelde hem wat Rosemary had gezegd. 'Eigenlijk kun je best met haar lachen,' gaf ze uiteindelijk toe.

'Ze heeft hele goede contacten,' zei Jace. 'Alles wat ze zegt, zal vast een kern van waarheid bevatten.'

Kat keek om zich heen, maar er was niemand. Toch kon iemand

in de buurt door de akoestiek gemakkelijk hun gefluister verstaan. 'Kunnen we ergens naartoe waar het minder gehorig is?'

Jace gebaarde dat ze hem moest volgen. 'Ik heb mijn aantekenblok in Dennis' kantoor laten liggen. We kunnen daar wat gemakkelijker praten.'

Ze doken het kantoor in, een ruime *man cave* met een pooltafel waar ook een grote vergadertafel had kunnen staan.

'En ik maar denken dat je de hele dag aan het werk was.'

Jace grijnsde. 'Ik doe genoeg, maak je maar geen zorgen. Ik verdien echt alles wat ik krijg. Ik moet gewoon mijn mond houden en de uren tellen.'

Kat herhaalde wat Rosemary gezegd had over Batchelors plannen voor een vakantieoord. 'Ik weet niet wat ik ervan moet denken. Het klinkt alsof Dennis in het geheim van plan is al het omringende land op te kopen.'

'Daar heeft hij tegen mij niets over gezegd. Zijn de MacAlisters er ook bij betrokken?'

Kat schudde haar hoofd. 'Niet bij de aankoop van het land, maar volgens Rosemary draagt Dennis het meeste bij aan de herverkiezingscampagne. En gezien het feit dat George minister van Milieu is, vraag ik me af of hij op een voorkeursbehandeling kan rekenen als hij het land eenmaal in bezit heeft.'

'Natuurlijk zijn het vrienden van elkaar. Ze zijn hier alle drie opgegroeid en ze zijn zeer betrokken bij de omgeving. Er is niets mis mee als ze gedeelde interesses hebben.' Jace pakte zijn aantekenblok van tafel. 'Misschien trek je te snel conclusies. Dennis kijkt oogluikend toe, maar ik geloof niet dat hij corrupt is.'

'Hij gaat anders wel veel geld verdienen als bepaalde ontwikkelingen plaatsvinden. Mensen kunnen hun beslissingen soms heel mooi uitleggen.' Hopelijk maakte moord geen deel uit van dat proces van goedpraten. Het leek ongelooflijk, maar als er zó veel afhing van het in bezit krijgen van het land, had Kat zo haar twijfels.

Jace wreef nadenkend over zijn kin. 'Bijvoorbeeld als je de juiste vergunningen krijgt.'

'En als je een nieuwe autoweg kunt laten aanleggen. Ook als de andere bewoners daar geen behoefte aan hebben.'

Jace gaf haar zijn aantekenblok. 'Neem dit maar mee en raak het niet kwijt.'

Toen Kat het blok aanpakte werd haar aandacht getrokken door een stapeltje papieren op Dennis' bureau. Bovenop lag papier met het briefhoofd van Earthstream Environmental. Het symbool met een klavertjevier was identiek aan het logo op de pet die de bewaker op had gehad.

'Hé, dat logo herken ik.' Kat wees naar het papier. 'De bewaker bij de mijn had hetzelfde embleem op zijn pet. Misschien was het wel geen bewaker.'

'Earthstream is van Dennis; het is een adviesbureau op het gebied van milieu. Het verbaast me dat de bewaker je dat niet verteld heeft. Ze houden zich bezig met milieusanering.'

'Dat is ook raar. Dat had Ranger toch wel kunnen zeggen, dat een bedrijf van Dennis daar iets deed?'

Jace keek verbaasd.

'Weet je nog, toen we langs de wegblokkade reden? Hij zei dat de actievoerders ruzie hadden met Dennis, maar hij vertelde niet dat een bedrijf van Dennis zich bezighield met de bodemsanering. En dan nog iets: die bewaker bij de mijn moet hebben geweten dat ik Dennis' gast was. Dan zou je toch minstens verwachten dat hij niet zijn geweer op me zou richten.'

'Hij richtte een geweer op je?' Jace fronste. 'Waarom ben je daar dan ook in je eentje naartoe gegaan?'

Ze had te veel gezegd. 'Zo was het niet echt. Ik wist dat hij niet zou schieten.' Dat was misschien wat overdreven, maar ze had niet de indruk gekregen dat de bewaker dat echt van plan was.

'Hij had een geweer, Kat. Niemand wist dat je daar was. Dat is al erg genoeg.'

'Ik overviel hem, denk ik. Hij had niet verwacht dat ik daar zou zijn. Misschien overdrijf ik wel een beetje. Waarschijnlijk heeft Dennis hem gewoon een pet cadeau gegeven of zoiets. Wie weet?'

Jace knikte. 'Dennis houdt niet alles in de gaten bij zijn bedrijven.

Andere mensen zijn belast met de dagelijkse leiding en het is niet zo dat hij per se weet dat een van zijn bedrijven daar werkzaamheden verricht.'

Kat trok een wenkbrauw op. 'Zelfs niet als het in zijn eigen achtertuin is? Iedereen kent iedereen hier in de buurt.'

'Ik vraag hem er morgen wel naar. We hebben het nog niet echt gehad over zijn bedrijven. We richten ons meer op zijn filantropische activiteiten en zijn liefdadigheidswerk. Maar ik ben het wel met je eens: het is raar dat iemand van een van zijn bedrijven bij de mijn werkt en hij daar niets van af zou weten. Al kan het toeval zijn dat de mijn een van zijn eigen bedrijfjes heeft ingehuurd.'

'Hij móét er gewoon van afweten. En ik geloof niet in toeval,' zei Kat. 'Bovendien, waarom zouden ze daar op dit moment werkzaamheden verrichten? De mijn is al een paar jaar dicht en het is ook nog eens hartje winter. Het is koud en het is moeilijk werkzaamheden uit te voeren als er een dik pak sneeuw ligt.' Nog afgezien van zijn leeftijd zag de man die zij had ontmoet er simpelweg niet uit als een ingenieur of consultant. 'Hoe kan hij er nu niet van op de hoogte zijn dat een van zijn eigen bedrijfjes werk doet op een plek die zo kleinschalig is en waar hij zelf is opgegroeid? Hij zou munt kunnen slaan uit de sanering en eindelijk in een goed blaadje bij zijn buren kunnen komen.'

'Ja, daar heb je gelijk in.' Jace fronste. 'En alles wat Dennis Batchelor doet, is goed gepland.'

Ze waren net weer terug in de grote ruimte toen George MacAlister opstond uit zijn stoel. Hij ging naast Batchelor staan aan het hoofd van de tafel en begon aan een speech. Het was een typische toespraak om te geven aan het begin van een verkiezingscampagne, bedoeld om al zijn medestanders achter zich te krijgen.

Kat luisterde beleefd en plande ondertussen haar vertrek. In tegenstelling tot de andere gasten kon zij tenminste ontsnappen naar de blokhut. Zolang zij het goed plande, kon ze hier weg zonder de aandacht te trekken. Het was echter een lange toespraak, die drie kwartier duurde, en het was onmogelijk weg te komen zonder heel erg op te vallen. Zoals vele politici was MacAlister er goed in lang te praten en inhoudelijk helemaal niets te zeggen. Zijn toespraak werd gevolgd door reacties van een aantal medestanders die George MacAlister prezen om zijn verstand van zaken en zijn beleidsplannen op het gebied van milieu.

Ze kreeg eindelijk haar kans toen Batchelor opstond om te spreken. Ze kuste Jace op zijn wang en vertrok met zijn aantekenblok in haar handen. Niemand zag haar weggaan, met uitzondering van Jace, die beloofd had om zoveel mogelijk informatie te verzamelen over het Golden Mountain vakantieoord en over de banden tussen Batchelor en het echtpaar MacAlister.

Ze wandelde naar buiten de vrieskou in en liet het warm aandoende licht van het landhuis achter zich. De koude lucht op haar wangen voelde heerlijk verfrissend. Verzonken in gedachten volgde ze het half aangeveegde asfaltpad en niet het besneeuwde andere pad terug naar de blokhut.

De lawine van die ochtend had zijn tol geëist, zowel lichamelijk als geestelijk. Ze zou zomaar in slaap kunnen vallen, maar ze had werk te doen, en ze had er maar een paar uur voor. Er was geen tijd te verliezen...

15

Paradise Peaks kende een vrij lange geschiedenis van burgeractivisme, zo wist Kat. Die ging terug tot de jaren tachtig van de vorige eeuw. De protesten die Dennis Batchelor er in eerste instantie toe hadden bewogen milieuactivist te worden, keerden zich nu tegen hem. De cirkel was rond. Eens had Batchelor een protestbeweging geleid; nu was er een protestbeweging die zich tegen hém verzette. Hoewel de actievoerders zich formeel tegen de mijn verzetten, maakten ze duidelijk dat ze ook in opstand kwamen tegen Batchelor.

Kat bleef ervan overtuigd dat Batchelor iets te maken had met de plannen van Burt en Ranger voor morgen. Hij was gewoon slim genoeg om zijn eigen handen niet vuil te maken door er alleen indirect bij betrokken te zijn. Ranger knapte al het vuile werk voor hem op.

Om de op handen zijnde ramp te voorkomen, moest ze weten wat ze precies van plan waren en hoe ze die plannen wilden uitvoeren.

Paradise Peaks had grote veranderingen meegemaakt sinds Batchelor de plek tientallen jaren geleden onder de aandacht van het grote publiek had gebracht. Door de belangstelling van de media waren er meer bezoekers gekomen, maar die waren niet per se milieubewust geweest. Wat goed was voor de plaatselijke middenstand ging ten koste van het milieu. De milieubelangen van de plaatselijke bevolking wogen niet op tegen de dollars die verdiend konden worden. Aangezien het bij de toekomst van Paradise Peaks om geld draaide, hoe groot was dan de kans dat Batchelor daar niet bij betrokken was?

Nul komma nul.

Kat dacht terug aan de opmerkingen van Rosemary MacAlister over de plannen voor het Golden Mountain vakantieoord. Dennis had het omringende land nodig met inbegrip van het land van de Kimmels en het land van de mijn. Ze voelde een koude rilling langs haar rug lopen, toen ze aan de implicaties daarvan dacht. De Kimmels hadden zich niet willen laten verdrijven. Plotseling was er een einde aan hun leven gekomen en konden ze zich niet langer verzetten.

Misschien waren ze lang niet zo kierewiet geweest als Ranger en Dennis het laten lijken. Als de beweringen van de Kimmels terecht waren, lag het voor de hand dat Batchelor die in diskrediet wilde brengen door de Kimmels als halve gekken af te schilderen. Wie zouden de meeste mensen geloven?

Kat zette haar laptop aan. Ze moest haar ideeën opschrijven, nu die nog vers in haar geheugen lagen. Ook de politie zou haar verhaal nuttig kunnen vinden, als ze er uiteindelijk aan toe kwamen haar vragen te stellen over de lawine. Hoe dan ook, haar samenvatting zou Jace later kunnen helpen als hij het onofficiële verhaal zou willen opschrijven.

Batchelor profiteerde direct van het ongeluk van de Kimmels, omdat het gemakkelijker zou kunnen worden hun land in bezit te krijgen. Aangezien hij ook het land van de mijn nodig had, lag het voor de hand dat het residubekken niet volledig was gerepareerd. Die herstelwerkzaamheden waren toch niet nodig als er een andere bestemming voor de locatie kwam.

De vervuiling moest natuurlijk nog wel worden aangepakt, maar sanering was minder uitgebreid en kostbaar dan het repareren van het hele residubekken om de Regal Gold-mijn weer volledig operationeel te maken. Het verkopen van de mijn was waarschijnlijk ook de beste mogelijkheid voor de buitenlandse eigenaren. Tenslotte was de mijn dertig jaar lang in gebruik geweest en daarom moest de levensduur nu wel beperkt zijn. Het meeste goud was al uit de bodem gehaald en de meeste winst al gemaakt.

Ze dacht weer aan de bewaker bij de mijn en zijn pet met daarop het logo van Earthstream. Het klavertjevier suggereerde dat er een verband was met Earthstream... en dus met Batchelor. Maar dat hoefde niet veel te betekenen in zo'n kleine gemeenschap. Iedereen had op de een of andere manier met iedereen te maken.

De man leek de pensioenleeftijd al lang te zijn gepasseerd, dus misschien was hij wel helemaal geen officiële bewaker. Misschien deed hij het werk op informele basis, net zoals oom Harry bij haar bedrijf deed. Het lag gezien zijn leeftijd niet voor de hand dat de man echt in dienst was bij Earthstream Technologies. Misschien had Batchelor hem die pet gewoon gegeven. Maar waarom had hij zich dan bij de mijn opgehouden?

Kat had geen idee, maar het had geen zin om er langer bij stil te staan. Het was nu al elf uur en ze was nog niets opgeschoten met het achterhalen van de plannen van Ranger en Burt voor morgenochtend.

Uit gewoonte klikte ze op haar browser en tot haar verrassing zag ze dat ze eindelijk een sterke internetverbinding had. Met haar muis klikte ze door naar de website van Earthstream en scrolde naar de informatiepagina van het bedrijf. Earthstream Technologies was een van de tientallen bedrijfjes binnen de gecompliceerde organisatie-structuur van het "merk" Batchelor. Earthstream had zijn hoofdkan-toor in Luxemburg. Het bedrijf was eigendom van een holding in Luxemburg, die op zijn beurt eigendom was van een bedrijf dat onder een bepaald nummer op de Kaaimaneilanden geregistreerd was. Kat fronste. Dat soort bedrijven waren opzettelijk anoniem om belastingheffing te ontlopen, of wettelijke aansprakelijkheid... of beide. Op papier zorgde het web van bedrijven en de doolhofachtige organisatiestructuur ervoor dat het eigendom verborgen bleef, maar iemand die het doolhof goed volgde, kon uitvinden dat de uiteinde-lijke eigenaar Dennis Batchelor heette.

Zoals bij de meeste miljardairs waren zijn holdingmaatschappijen vormgegeven door een legertje juristen en accountants. Hun enige missie in het leven was uitvoering te geven aan zijn wens zoveel mogelijk winst te maken en zo weinig mogelijk aansprakelijk te zijn. En al was gebruikmaking van de mazen in de belastingwetgeving niet tegen de wet, het was wel onethisch.

Batchelor mocht dan misschien oprechte verontwaardiging voelen als het om aantasting van het milieu ging, dat weerhield hem er blijkbaar niet van gebruik te maken van alle mogelijke belasting-voordelen en andere financiële meevallertjes. Eén ding was duidelijk: de tegen het grote bedrijfsleven gerichte houding van de milieuacti-vist gold niet voor zijn eigen bedrijfsbelangen.

De website van Earthstream was ook interessant om wat er níét op stond. Op de website stond een lijst met een groot aantal lopende projecten van het bedrijf, maar de Regal Gold-mijn stond er niet bij.

Er zou een logische verklaring kunnen zijn. Misschien was het project te recent, te klein of was het al voltooid... behalve dan dat de Regal Gold-mijn aan geen van die drie beschrijvingen voldeed. Het saneringsproject was groter dan vele andere projecten die wél op de lijst stonden. Het project was ook niet van recente datum. Het residu-bekken was een paar jaar geleden gaan lekken en was nog steeds niet gerepareerd. Dat wierp een andere vraag op. Of de mijn nu wel of niet buitenlandse eigenaren had, de overheid had de mijnonderne-ming moeten dwingen de locatie te saneren. Het was ongehoord dat een dorpsgemeenschap in Canada het jarenlang zonder schoon drinkwater moest stellen.

Natuurlijk was MacAlister in dit geval de overheid. Als minister van Milieu kon hij beslissingen terugdraaien of overtredingen door de vingers zien. Dat kwam neer op politieke zelfmoord als iemand erachter kwam, maar misschien stond er zoveel geld op het spel dat hij bereid was het risico te lopen. Had hij misschien een onderhands contract gesloten met Regal Gold Mines?

Er moest een verklaring zijn voor het feit dat MacAlister, de minister van Milieu, meer dan twee jaar lang de terechte zorgen van de actievoerders naast zich had neergelegd. De overheid had tussenbeide moeten komen toen duidelijk werd dat Regal Gold niet aan zijn verplichtingen voldeed. Er bestond geen geldig excuus voor het feit dat het drinkwater al zo lang verontreinigd was – dat twee zeer machtige mannen met wortels in de lokale gemeenschap zich simpelweg hadden neergelegd bij de status quo. Dat viel niet uit te leggen.

Tot de diensten die Earthstream bood, behoorde milieusanering, dus zou het bedrijf zonder meer het probleem met het residubekken hebben kunnen aanpakken. Dat zou Batchelor natuurlijk direct hebben gezien. Was de Regal Gold-mijn dan misschien eindelijk onder druk gezet om het probleem op te lossen? Als dat zo was, dan was dat goed nieuws, maar waarom waren de actievoerders zich niet bewust van deze ontwikkeling? Met het oog op de voortdurende protesten en de vijandige stemming jegens de mijn zouden ze toch als eerste op de hoogte moeten zijn gesteld. Al was het maar uit pr-overwegingen. Tenslotte zou dat een goed-nieuws-verhaal zijn waar Batchelor baat bij had.

Was er iets dat nog lucratiever was voor Dennis Batchelor dan een opdracht binnenhalen voor Earthstream?

Het enige waar hij nog meer aan had was land voor zijn vakantieoord. Land dat hij tegen een lagere prijs kon aanschaffen in deze vervuilde staat. Hoopte Batchelor dat hij het land voor een spotprijs kon krijgen? En als dat zo was, had hij dan MacAlister overgehaald de andere kant op te kijken?

Het was interessant dat Jace niets afwist van de plannen voor het vakantieoord. Waarom had Batchelor er niets over gezegd tegen zijn officiële biograaf? Had hij iets te verbergen?

Kat keek op haar horloge en zag dat het al na middernacht was. Jace was de enige gast die niet vastzat vanwege het weer, maar ze vermoedde dat hij wel bij de andere gasten moest blijven. Die konden natuurlijk niet weg met de helikopter voordat de storm voorbij was.

Ze richtte haar aandacht nu op de site van Regal Gold Mines. Hoewel het bedrijf buitenlandse eigenaars had, moest het als beursgenoteerd bedrijf alle wettelijk voorgeschreven documenten publiceren. Ze ging naar de bladzijde met de informatie over de effecten en scrolde door alle rapporten. Haar oogleden werden zwaar, toen ze op elk van de rapporten klikte. De hoeveelheid aan informatie en aansprakelijkheidsbeperkingen was zo omvangrijk dat iedereen ervan in slaap zou vallen. Ze concentreerde zich op de financiële kwartaalrapporten, maar er viel haar niets bijzonders op.

De Regal Gold-mijn was heel winstgevend geweest tot het incident met het residubekken. Ondanks het feit dat de mijn al oud was, kon hij nog zeker tien jaar blijven draaien. Iedere dag dat de mijn stil lag, kostte dat de eigenaars geld door winstderving. Alle reden dus om het reservoir te laten repareren en de mijn weer operationeel zien te krijgen, maar dat hadden ze niet gedaan.

Er was nog iets wat Kat vreemd vond. Volgens een van de rapporten had de buitenlandse meerderheidsaandeelhouder kort geleden zijn aandelen verkocht, maar de plaatselijke actievoerders waren er niet van op de hoogte dat er een andere eigenaar was gekomen. Het was een raar moment om zoiets te kopen, gezien de staat waarin het residubekken verkeerde. Investeerders lieten normaal gesproken bedrijven links liggen als die te maken hadden met nog lopende aansprakelijkheidsclaims. Los van het betalen van de aankoopprijs liep de nieuwe eigenaar het risico op te draaien voor miljoenen aan milieuheffingen en een mogelijk bankroet. Dat was een risico dat maar weinig mensen bereid waren te nemen.

Kort gezegd was de koper niet goed bij zijn hoofd – of het was iemand die voorkennis had van toekomstige ontwikkelingen.

De meerderheidsaandeelhouder – een Chinese onderneming genaamd Lotus Investments – had zijn aandelenpakket van eenenvijftig procent rechtstreeks aan de nieuwe meerderheidsaandeelhouder verkocht. De nieuwe eigenaar had Regal Gold Mines vervolgens van de beurs in New York afgehaald.

Volgens de registratiegegevens was de nieuwe eigenaar een bedrijf met de naam Westside Investments. Naast Westside had een tweede bedrijf een flink aandelenpakket in Regal Gold. Het was een 'genummerd' bedrijfje, 88898 Holdings Limited, ook weer gevestigd op de Kaaimaneilanden. Samen hadden de twee bedrijven eenentachtig procent van de uitstaande aandelen in bezit.

Hebbes.

Als ze het geld volgde – en in dit geval het eigendom van de mijnonderneming – wierp dat ongetwijfeld licht op de transacties. De verandering van eigendom moest de sleutel zijn tot het ontrafelen van het mysterie.

Kat ging snel door de resterende rapporten en stopte bij het laatste rapport. Westside had een bod gedaan op alle resterende aandelen voor een prijs die hoger lag dan de huidige marktprijs. Het bod was niet heel genereus, maar dat hoefde ook niet. De aandelen hadden bijna hun gehele waarde verloren na het incident met het residubekken. Het kwam erop neer dat ze heel laag waren gewaardeerd, een paar cent per aandeel.

Ze richtte zich weer op Westside Investments. De informatie over de eigenaar was heel karig en vermeldde niet meer dan dat Westside eigendom was van 247 Holdings, een ander bedrijf gevestigd op de Kaaimaneilanden. Alles wat ze weten kon komen waren de namen van de directeuren, allemaal juristen op hetzelfde adres op de Kaaimaneilanden. Het ging om een lege vennootschap; de echte eigenaars bleven verborgen achter een collectieve sluier. In tegenstelling tot Regal Gold Mines was 247 Holdings niet beursgenoteerd en dus was informatie over de eigenaars niet zomaar online te vinden.

Kat probeerde een andere invalshoek. Bedrijven met een aanzienlijk aandelenpakket zetten altijd een eigen raad van commissarissen neer bij de bedrijven waarin ze investeerden. Ze wilden geheim blijven, maar ze moesten wel controle kunnen uitoefenen. Op die manier hadden ze invloed op de handel en wandel van het bedrijf en konden ze hun investering beschermen. Minstens een of twee van de commissarissen moesten door Westside zijn benoemd.

Ze klikte op het cv van iedere commissaris. De meesten van hen leken ervaren mijnbestuurders te zijn met tientallen jaren ervaring; twee commissarissen werkten voor het Chinese bedrijf. Het waren allemaal mannen, ook de enige commissaris die geen directe ervaring met een mijn had. Oppervlakkig gezien klopte het in ieder geval.

Maar in de raad zat niemand namens Westside Investments, de huidige meerderheidsaandeelhouder.

Kat was weer terug bij af. Het management van de Regal Gold-mijn was niet in staat of bereid geweest om een winstgevende mijn weer op te starten. En toch was het verlies aan inkomsten veel hoger dan de kosten die gemoeid zouden zijn geweest met het repareren van het residubekken. Elke dag uitstel kostte hun geld. Waarom zorgden ze er niet voor dat de mijn op korte termijn weer operationeel was? Waarop zaten ze te wachten?

Nog vreemder was waarom Westside en 88898 Holdings hadden geïnvesteerd in een mijn die stillag en mogelijk enorme kosten met zich mee zou brengen vanwege aansprakelijkheid voor milieuschade. Ze moesten er op de een of andere manier toch aan verdienen. Maar hoe dan?

Een ding was zeker: op de achtergrond trok Westside, de meerderheidsaandeelhouder, aan de touwtjes. Ze zouden zich er niet bij neerleggen dat ze helemaal niet vertegenwoordigd waren in de raad van commissarissen als er zó veel op het spel stond.

Waar was Jace als ze hem nodig had? Kat gebruikte hem vaak om haar ideeën aan hem voor te leggen en op dit moment tastte ze in het duister.

Nu volgde ze het spoor van 88898 Holdings. Het bedrijf op de Kaaimaneilanden maakte onderdeel uit van Pirate Holdings. Tja, met zo'n naam vroeg je gewoon om verder onderzoek. Ze ging door een lijstje met directeuren, maar dat bracht haar niet verder. Zoals zo veel bedrijven in buitenlandse belastingparadijzen ging het bij de directeuren om stromannen. In het geval van Pirate Holdings waren er maar drie directeuren, die allemaal jurist waren bij één bedrijf, Meridian Consulting. Dit spoor liep dood.

Of toch niet? De namen kwamen haar bekend voor. Ze scrolde terug naar de cv's van de commissarissen die ze net had gezien. Haar mond viel open toen ze het zag. Drie van de commissarissen bij Regal Gold Mines waren ook verbonden aan Meridian Consulting. De bedrijven leken niet in enig verband met elkaar te staan, maar ze hadden dezelfde personen in de top van het bedrijf. Pirate Holdings had een vertegenwoordiging in de raad van commissarissen door middel van Meridian Consulting.

Interessant, maar had het ook echt iets te betekenen?

Kat durfde te wedden van wel. Meridian Consulting was dus de uiteindelijke eigenaar. Dát bedrijf hield de sleutel in handen. Degene die eigenaar was van Meridian Consulting had de financiële touwtjes in handen bij Pirate Holdings, Regal Gold Mines en bij wie weet hoeveel bedrijven nog meer.

Dat maakte duidelijk waar ze Pirate Holdings moest plaatsen, maar wie was de eigenaar van Westside Investments? Opnieuw ging ze door de rapporten op de website en schetste het diagram van een organisatiestructuur op een kladblok. Ze tekende blokjes en zette daar de naam van de bedrijven bij. In elk blokje zette ze een van de namen die ze uit de rapporten haalde. Het bedrijf helemaal bovenaan was 247 Holdings. Toen zag ze het ineens. Kwestie van papier en potlood. Westside Investments en Earthstream waren beide dochtermaatschappijen van 247 Holdings. En dus was Dennis Batchelor degene die zo'n groot percentage van het aandelenpakket van Regal Gold Mines in handen had.

Kat hapte naar adem. Nu viel alles op zijn plaats.

Batchelor bezat al een deel van het land dat hij nodig had door zijn meerderheidsbelang in de Regal Gold-mijn. En waarom had hij een mijn gekocht op vervuilde grond, een mijn die milieuschade had veroorzaakt in het land eromheen? Omdat hij zo aan goedkoop land kon komen voor zijn vakantieoord, en omdat het gebrek aan schoon drinkwater de mensen die er van oudsher woonden zou verdrijven.

Maar het betekende ook dat Batchelor moest betalen om het probleem te laten oplossen. Het zou jaren of misschien zelfs tientallen jaren kosten om de bodem te saneren. En het zou vele miljoenen kosten. Als de nieuwe eigenaar was hij aansprakelijk voor eventuele problemen, maar het was onmogelijk om een goede voorspelling te doen van saneringskosten. Het uiteindelijke bedrag zou pas bekend zijn als het werk voltooid was. Er waren niet veel miljardairs die geld investeerden in bedrijven waaraan onberekenbare risico's verbonden waren. Waarom zou Dennis Batchelor dat wel doen?

Een paar minuten later had ze het antwoord. Alles hing af van de schatting die Earthstream maakte van de saneringskosten, dus dat moest de sleutel tot de oplossing zijn. De bodemverontreiniging was vermeld in een van de rapporten die een beursgenoteerd bedrijf wettelijk verplicht was te produceren. En inderdaad, die vermelding door Earthstream had geleid tot een enorme waardedaling van het aandeel Regal Gold Mines. De aandelen waren praktisch waardeloos toen Westside Investments en 88898 Holdings ze hadden gekocht.

Hoewel het management van Regal Gold aan zijn wettelijke verplichtingen had voldaan door het incident met het residubekken op te nemen in hun rapport aan de aandeelhouders, hadden ze er verder zo weinig mogelijk ruchtbaarheid aan gegeven. Daarom had het niet op de website van Earthstream gestaan. Niemand had hen gedwongen iets te doen aan het residubekken – in ieder geval niet totdat de actiegroep was gevormd en Elke, Fritz en anderen waren gaan protesteren.

De actievoerders waren kansloos. Ze wisten niet met wie ze te maken hadden.

Ondanks dat alles had Lotus een koper gevonden voor de aandelen Regal Gold Mines.

Even aangenomen dat de kopers zich goed op de hoogte hadden gesteld, moesten ze afweten van de milieuramp die ze hadden geërfd. Toch hadden ze het bedrijf gekocht voor een paar cent per aandeel. De buitenlandse eigenaren hadden geen poging ondernomen om het terrein van de mijn schoon te maken, omdat ze dan failliet zouden gaan. Ze konden niet bij wet worden aangepakt en zagen er de zin niet van in om geld te besteden aan een waardeloze mijn.

Zou iemand die heel zuinig was op zijn reputatie als voorvechter van het milieu zich inlaten met een verontreinigde mijn? Dat leek heel onwaarschijnlijk. Batchelor zou nooit het risico willen lopen om zijn persoonlijke reputatie daarvoor op het spel te zetten.

En toch had hij dat wel gedaan.

Had Earthstream opzettelijk de conclusies in het milieurapport overdreven, zodat Batchelor aan het land kon komen dat hij wilde hebben? Als dat het geval was, hadden Batchelor en de persoon achter Pirate Holdings de mijn gekregen door oneerlijke middelen.

Dat was de enige conclusie die Kat kon trekken. Waarom zou een milieuactivist anders investeren in een milieuramp? Hij moest iets weten wat verder niemand wist.

Wat voor de een niets betekende, kon voor een ander alles betekenen. Zolang Batchelor de benodigde goedkeuringen kreeg, kon hij een fortuin verdienen. Met zijn vriend MacAlister als minister van Milieu zou dat ongetwijfeld gebeuren.

De plaatselijke bevolking had nóg minder invloed nu Batchelor de eigenaar was van de mijn, maar dat wisten ze niet. Kat wist echter nog steeds niet wat Ranger en Burt morgen met de explosieven wilden doen, maar ze kende nu in ieder geval hun motief: de landeigenaren die hun grond niet wilden verkopen zodanig de stuipen op het lijf jagen dat ze die grond goedkoop van de hand zouden doen. Nu de Kimmels er niet meer waren en de mijn gesloten was, stonden alleen Ed en de resterende actievoerders Batchelor nog in de weg.

16

De deur van de blokhut vloog open en er stroomde koude lucht naar binnen. Kat rilde. 'Deur dicht, Jace. Nu komt alle kou naar binnen.' Ze hoorde het geluid van laarzen in de hal; toen werd de deur dichtgeslagen.

'Jace?'

Er kwam geen reactie.

Ze zette haar laptop weg, stond op en liep naar de deur.

Het was bijna één uur in de ochtend. Ze was al een paar keer weggedommeld achter het scherm; ze wachtte op Jace om hem te vertellen wat ze allemaal had uitgevonden. 'Ik weet dat je bekaf bent, maar je zult niet geloven wat ik allemaal te weten ben gekomen over Dennis Batchelor...'

Ze gleed op haar sokken over de vloer en botste bijna op tegen Ranger.

'Wat doe jij hier in hemelsnaam?' riep ze tegen hem. Kat verloor haar evenwicht toen ze zich abrupt omdraaide. Ze raakten elkaar bijna aan en ze kon nergens naartoe.

Hij pakte haar polsen vast en trok haar naar zich toe om haar aan te kijken. 'Wat ben jij te weten gekomen?'

'Laat me los.' Ze probeerde zich los te trekken, maar hij was te sterk.

Hij lachte. 'Laat ook maar. Niemand hoort je. Je zou me moeten bedanken. Als ik je niet had opgevangen, was je keihard gevallen.'

'Loop je altijd zomaar ergens naar binnen?' Kat probeerde zich opnieuw los te rukken, maar Ranger hield haar te stevig vast. 'Laat me los. Je doet me pijn!'

Hij zei niets maar hield zijn grip iets vieren.

'Ik ga gillen.'

Ranger liet haar nu los en liep langs haar heen naar het bed. Hij pakte haar laptop.

Kats hart bonsde in haar keel. Ze liep achter hem aan en hoopte maar dat de laptop op screensaver stond.

Dat was helaas niet zo.

'Wat is dit allemaal?' Ranger wachtte niet op antwoord. 'Zozo. Je zoekt dingen op over de mijn, zie ik.'

'Heb je daar een probleem mee?' Ze stak haar arm uit om de laptop op te eisen, maar hij gaf hem niet aan.

'Ben je dit allemaal te weten gekomen?' Hij draaide het scherm naar haar toe.

Ze kreeg een kleur toen ze het overzicht van de rapporten zag. Zolang hij haar schets van de organisatiestructuur echter niet zag die op het bed lag, zou ze zich hier misschien nog uit kunnen kletsen.

Kat deed haar armen over elkaar. 'Het is iets persoonlijks tussen mij en Jace.' Gelukkig had ze niets gezegd waar hij iets aan had. 'En nu ik het toch over hem heb, ik denk dat ik hem maar eens ga halen.'

Ranger ging zo staan dat ze niet weg kon. 'Hij is nog bezig met Dennis. Dat duurt nog wel even.'

Ze liet zich niet door hem bang maken. 'Waarom ben je hier eigenlijk? Wat moet je?'

Er verscheen een zweem van een glimlach op zijn gezicht. 'Ik werk hier. Dát doe ik hier. Laten we het nu eens hebben over wat jíj aan het doen bent.'

Kat rukte aan haar laptop, maar Ranger trok hem weer uit haar hand. Ze viel bijna toen ze haar grip verloor.

Hij liep naar de tafel en zette de laptop daar op. Kat slaakte een zucht van opluchting toen hij geen aandacht schonk aan de blaadjes op het bed, waarop het mondiale imperium van Dennis Batchelor was uitgetekend. Maar al spoedig werd haar hoop de bodem ingeslagen toen hij haar aantekeningen op de laptop las.

'Je bent druk bezig geweest, zie ik?' Hij grinnikte akelig.

Kat schudde haar hoofd. 'Gaan jullie altijd zo met gasten om?' zei ze, dapperder dan ze zich voelde. 'Geef me mijn laptop terug.'

Ranger luisterde niet. Hij keek op van het scherm. 'Wat is er zo interessant aan Earthstream?'

'Ik help Jace een beetje met zijn werk.'

'Helemaal niet. Dit valt buiten het bestek van Dennis' memoires.'

'Hoe weet jij dat? Jij schrijft die biografie toch niet!'

'Het zou je verbazen wat ik allemaal weet.' Rangers gezicht verraadde niets. 'Dennis zet geen stap zonder dat eerst met mij te overleggen.'

'Is dat zo?' Dat hield in dat Ranger waarschijnlijk ook al het vuile werk voor Dennis opknapte. Ranger was dus verantwoordelijk voor het veroorzaken van de lawine en voor de voor morgen op het programma staande explosie, maar dat gebeurde in opdracht van Dennis.

Ranger lette even niet op en daar maakte Kat gebruik van door snel naar de tafel te stappen, haar laptop dicht te klappen en naar het bed te rennen. Daar duwde ze de laptop in haar tas. Ze ging voor het bed staan met haar tas achter zich.

'Je kunt niets voor me verborgen houden. Ik kom er wel achter.' Ranger stond met zijn armen over elkaar in de deuropening.

'Hoe dan? Door bij iemand binnen te dringen en hem of haar bang te maken? Ik wed dat Dennis niet eens weet dat je hier bent.'

Er verscheen een enge glimlach op zijn gezicht. 'Hij hoeft de details niet te weten. Die wíl hij ook niet weten.'

'Weet hij wel dat je zijn vrouwelijke gasten lastigvalt?'

Gedurende een fractie van een seconde bespeurde ze onzekerheid op Rangers gelaat. 'Ik wist niet dat je binnen was.'

Kat keek hem woedend aan. 'Dat is geen excuus voor iets wat neerkomt op huisvredebreuk. Je hebt geen enkele reden om hier te zijn.' Ze ging op bed zitten en trok haar laarzen aan. Het leek er niet op dat Ranger weg ging, dus moest ze zelf zo snel mogelijk de blokhut uit zien te komen. Met haar laptoptas, wel te verstaan.

'Ik dacht dat je nog bij het diner was.' Hij liep naar het bed en keek naar haar tas voordat hij zijn blik richtte op de openslaande deuren en het terras. 'Het is buiten heel slecht weer. Ik kwam de sloten controleren.'

'Na middernacht? Dat geloof ik niet.' Ze stond op. 'Ik ga het hier met Dennis over hebben.'

Hij stond vlak bij haar tas en ze moest moeite doen om die niet beschermend naar zich toe te trekken, want dan zou hij hem vast gewoon weer afpakken.

'Je gaat je gang maar. Dan vertel ik hem dat je bezig bent in zijn verleden te wroeten.'

'Dus je geeft toe dat er wat te vinden is?' zei Kat uitdagend.

Hij kreeg een kleur. 'Ik geef niets toe. Alleen dat Dennis me gevraagd heeft om dingen na te gaan.'

'Je liegt.' Kat liep op hem af in de hoop dat hij weg zou gaan uit de deuropening, maar hij bleef staan.

Hij grijnsde. 'Ik heb je vanmiddag gezien, weet je. Bij de mijn.'

Kats hart bonsde. Had hij haar ook gezien toen ze hem bespioneerde in de berm van de straatweg? 'Ik maakte een wandeling. Je kunt me moeilijk verbieden een wandeling te maken.'

'Oh, nee?' Hij glimlachte en keek haar aan. 'Ik kan echt van alles.'

Hij pakte haar beet bij haar arm en duwde haar naar de openslaande deuren. 'Van hieraf is het uitzicht prachtig.' Hij deed de deuren open met zijn vrije hand. Er kwam koude vrieslucht naar binnen. Hij duwde haar het terras op. 'Ook al is het wel een beetje donker.'

Daarmee sprak hij de waarheid, want het was pikkedonker. Ze hoefde de tweehonderd meter diepe afgrond echter niet te zien om te weten dat die er was. Wat ging Ranger in godsnaam doen?

Kat schrok toen de deur van de blokhut openzwaaide, gevolgd door voetstappen die hun richting op kwamen. Ranger schrok ook. Hij liet haar een beetje los toen hij zich naar de deur draaide.

'Wat gebeurt hier in godsnaam?' Jace stond in de deuropening van de slaapkamer.

Kat maakte zich los uit Rangers greep en rende naar Jace. 'Ranger ging net weg.' Ze klampte zich vast aan Jace' arm en hield zo veel mogelijk afstand van Ranger. Ze durfde Jace niet te vertellen wat er gebeurd was zolang Ranger nog in de kamer was. Hij zou de man misschien wel iets aandoen.

Ranger verstijfde en maakte een inschatting. Ranger was niet zo lang als Jace, maar hij was ongeveer tien kilo zwaarder. De twee mannen waren tegen elkaar opgewassen, dus het was niet te zeggen wie een gevecht zou winnen. Ranger zou Jace weliswaar niet van het terras af kunnen duwen, maar welke andere middelen had hij nog tot zijn beschikking?

Kat keek naar hem op. 'Praat jij met Dennis of zal ik dat doen?'

Ranger keek kaar woedend aan toen hij langs haar heen stormde. 'Wij praten later nog wel.'

Ranger wist natuurlijk dat Jace alles te weten zou komen wat hij tegen haar had gezegd. En dat die op zijn beurt alles zou vertellen aan Dennis Batchelor. Misschien was het alleen maar de bedoeling om haar bang te maken. Maakte het Dennis iets uit welke methoden Ranger gebruikte? Erger nog, zou hij die goedkeuren?

'Wat deed die gozer hier?' Jace maakte zich los uit haar greep en keek haar met een bezorgde blik aan. 'Is alles goed met je?'

Ze vertelde Jace over hoe Ranger plotseling naar binnen was gekomen en ook over haar bevindingen. 'Hij zou me hebben geduwd! Zogenaamd een ongeluk, alsof ik over de balkonleuning was gevallen.' Het leek nog steeds ongelooflijk, maar waarom had hij haar anders midden in de winter het terras opgeduwd?

'Ik ga achter hem aan.'

'Nee, Jace, niet doen. In ieder geval niet nu. Niet voordat we kunnen onthullen wat ik te weten ben gekomen. Als je hem of Batchelor daar nu mee confronteert, dan lopen we alle twee veel meer gevaar.'

'Dit bevalt me niks.' Hij draaide zich om. 'Maar je hebt wel gelijk.'

Kat was opgelucht. Ze hadden in de komende paar uur heel wat te doen. Ze pakte haar laptop en liet Jace haar samenvatting zien. 'Er staat iets heel sinisters te gebeuren en Ranger speelt daar een rol in. Dat weet ik zeker. Hij zit achter me aan omdat ik hem bij de mijn heb gezien.'

'Wat maakt het uit dat je hem hebt gezien? Waarom is dat zo erg?'

'Op het eerste gezicht niet zo erg, omdat ik gewoon een wandeling maakte. Het probleem is dat hij nu op mijn laptop heeft gekeken. Hij wéét dat ik iets heb ontdekt.'

'Wat maakt het uit dat je dingen hebt opgezocht over al de bedrijven die Dennis heeft? Je helpt mij bij mijn onderzoek.'

'Dat zei ik ook al, maar hij vermoedt iets, Jace. Hij moet iets hebben gehoord over mijn gesprek met Rosemary. Dat gecombineerd met mijn bezoek aan de mijn heeft hem aan het denken gezet. Net zoals ik aan het denken ben gezet.' Ze had Ranger niet gezien bij het galadiner, maar misschien had hij na haar vertrek met Rosemary gepraat. 'We moeten Ed vannacht nog waarschuwen, Jace. Morgen is het te laat.'

17

Kat ging met haar vinger over een van de verbindingslijnen in het web van bedrijfjes in Dennis Batchelors mondiale imperium. Haar overzicht liet slechts een deel zien van het grote aantal holdings in zijn bezit, maar meer had ze niet nodig om zijn betrokkenheid aan te tonen.

Batchelors eigenaarschap was onbekend bij de plaatselijke bevolking vanwege de gecompliceerde eigendomsstructuur, maar als je het op papier zette, was alles zonneklaar. Hij was eigenaar van de Regal Gold-mijn via zijn eigenaarschap van Westside Investments. Hij kon dat niet langer verbergen. Ze had nu de complexe bedrijfsstructuur ontrafeld.

Kat wees op de andere grote aandeelhouder van Regal Gold Mines op haar overzicht: Pirate Holdings. 'Ik heb wel een flauw vermoeden wie de andere grote aandeelhouder van het bedrijf is.'

'Laat me raden. MacAlister?' Jace boog zich voorover en ging met zijn vinger over het diagram.

Ze knikte. 'Niet direct natuurlijk, omdat dat gezien zijn rol als minister van Milieu zou neerkomen op belangenverstrengeling. Hij mag geen eigenaar zijn van een bedrijf dat onder zijn verantwoordelijkheid valt als regelgever. Hij heeft een paar juristen op de Kaaimaneilanden ingehuurd om als directeur te fungeren, net als Batchelor heeft gedaan. Hij heeft de zaken zo georganiseerd dat hij buiten beeld blijft en niet kan worden aangepakt.'

'Maar achter de schermen heeft hij ongetwijfeld de touwtjes in handen.'

'Precies. Hij is de andere meerderheidsaandeelhouder, naast Batchelor.'

Jace floot zachtjes. 'Batchelors biografie is hierbij vergeleken niet interessant. Dit is een veel sappiger verhaal.'

Kat knikte. 'De eenenvijftig procent aandelen van Batchelor en de dertig procent van MacAlister maken hen samen voor eenentachtig procent eigenaar van Regal Gold Mines. Dat is voldoende om alle beslissingen te nemen. Ik heb het gevoel dat Earthstream Technologies op het punt staat een nieuw milieurapport uit te brengen waarin staat dat het terrein van de Regal Gold-mijn schoon is.'

'Dat kan hij niet maken,' zei Jace. 'Valse gegevens kunnen niet verbergen wat voor iedereen duidelijk is – mensen worden ziek als ze verontreinigd water drinken. Batchelor is meedogenloos als het om zakendoen gaat, maar zelfs hij zal toch geen mensenlevens op het spel zetten om zichzelf te verrijken?'

'Dat hoeft hij ook niet te doen. Het nieuwe rapport zal geen onjuistheden bevatten.'

'Onmogelijk. Zelfs als je al het oppervlaktewater kan schoonmaken, dan is het grondwater nog steeds verontreinigd. Het duurt jaren voordat vervuild grondwater schoon is.'

'Tenzij die vervuiling nooit echt heeft bestaan.'

'Maar volgens het rapport van Earthstream was die er wel. Het onderzoek naar het residubekken toonde aan dat er een hoge mate van verontreiniging... oh, wacht.' Jace viel stil.

Kat glimlachte. 'Je moet niet vergeten dat Earthstream een bedrijf van Batchelor is. Dat eerste rapport zei dat het water vreselijk vervuild was, terwijl dat niet het geval was. Hij vervalste wel de meetresultaten, maar op een andere manier dan je zou verwachten. Normaal gesproken vervalsen mensen gegevens om iets nadeligs te verbergen. In dit geval werd er iets verborgen dat juist positief was. Er is gewoon niets aan de hand met het water.'

'Waarom denk je dat?'

'Ik kon niet geloven dat hij zelfs maar zou overwegen een verontreinigde mijn te kopen. Niet alleen omdat hij vóór het milieu is, maar omdat hij niet op die manier opereert. Hij heeft geen miljarden verdiend door zich in te laten met riskante projecten zoals een verontreinigde mijnlocatie met onvoorspelbare risico's. Zijn andere investeringen zijn behoudend te noemen en hij zoekt naar gegarandeerde opbrengsten. Daarom kreeg ik het vermoeden dat het allemaal doorgestoken kaart was.'

'Hoe kan dat nou? Dat residubekken is écht gaan lekken. Je kunt niet net doen alsof.'

'Ja, die lekkage heeft echt plaatsgevonden.' Kat knikte. 'Zo kwam Batchelor op het idee; hij was er niet in geslaagd om op een andere manier al dat land in bezit te krijgen. De buurtbewoners wilden hun land niet verkopen en de mijn vroeg te veel geld. Toen het ongeluk met het bekken plaatsvond, werd Earthstream ingehuurd om een inschatting te maken van de schade. Hij zag een ideale gelegenheid om het land in de buurt minder waardevol te maken door net te doen alsof de schade veel erger was dan in werkelijkheid het geval was.'

'Dus het schaderapport van Earthstream klopte niet?' Jace schudde het hoofd. 'Dan ga je wel heel ver. Daar komt iemand toch een keer achter?'

'Het is helemaal niet ingewikkeld. Het is gewoon een milieurapportage. De mijn lag op dat moment stil, dus toen het ongeluk met het bekken gebeurde, huurde het management een plaatselijk bedrijf in om er wat aan te doen. En dat bedrijf nam niet alleen de schade op, het voerde ook de werkzaamheden uit die verdere schade moesten voorkomen. Earthstream pakte de lekkage aan voordat het grondwater kon worden verontreinigd, maar dat kregen de buurtbewoners niet te horen. Batchelor liet hen in de waan dat het water verontreinigd was toen ze hun zorgen uitten. Hij vertelde ook aan de buitenlandse eigenaren van Regal Gold Mines dat de schade veel erger was dan ze dachten.'

'Dus het water is ál die tijd schoon geweest?'

'Ja. Er was wel een lekkage, maar die was helemaal niet zo erg. Maar de vorige eigenaren van Regal Gold Mines waren daar niet van op de hoogte. Ze hebben het bedrijf verkocht met het idee dat het niets meer waard was, omdat er heel veel geld moest worden gestoken in een schoonmaakoperatie.'

Jace floot. 'Ze hebben het bedrijf aan Batchelor verkocht zonder dat ze wisten hoe het echt zat.'

'En wie had ze dat kunnen vertellen?' Kat tikte met haar potlood op het blaadje met daarop de schets van de organisatiestructuur van Batchelors bedrijven. 'Ik heb behoorlijk wat tijd besteed aan het doornemen van tientallen verslagen om deze structuur te achterhalen. Je kunt met geen mogelijkheid alle bedrijfjes met elkaar in verband brengen, als je deze structuur niet uittekent. Earthstream levert de milieurapportage, maar de koper van de mijn is een van Batchelors andere bedrijven, Westside Investments.'

Het begon Jace te dagen. 'En Regal Gold Mines maakte zich alleen maar druk om de milieuschade en de aanpak daarvan. Ze dachten dat ze er gemakkelijk vanaf gekomen waren.'

'Ja. Ze waren sowieso van plan de mijn stil te leggen. Vóór de lekkage was de mijn wel winstgevend, maar niet in die mate dat ze miljoenen konden besteden om een grote milieuramp aan te pakken. Dat had Batchelor wel door, dus hij zorgde ervoor dat het bedrag dat volgens Earthstream moest worden besteed aan het schoonmaken van het milieu hoger was dan de winst die de mijn maakte. Lotus Investments, de Chinese eigenaar van Regal Gold Mines, concludeerde dat het geen zin had om al dat geld uit te geven. Regal is maar een van de bedrijven in hun portfolio. Na de lekkage besloten ze hun verlies te nemen en de aandelen te verkopen.'

Jace knikte bedachtzaam. 'Ik snap waar je heen wilt. Dennis bood Lotus een uitweg uit een lastige situatie.'

'Ja, de aandelen waren praktisch niets meer waard toen de kosten van de schoonmaakoperatie bekend werden. Lotus wist dat ze geen andere koper zouden vinden. Het enige bod kwam van Westside Investments. Vlak daarna kwam 88898 Holdings. En dat waren in het echt Batchelor en MacAlister, die schuilgingen achter bedrijfjes op de Kaaimaneilanden.'

'En dat allemaal gebaseerd op de milieurapportage van Earthstream?'

Kat knikte.

'Maar de identiteit van Batchelor en MacAlister wordt uiteindelijk bekend,' zei Jace. 'Als ze het land gaan ontwikkelen.'

'Nee, hoor. Dan richten ze gewoon een andere lege vennootschap op, die het land koopt van de huidige eigenaren. Ze halen er een paar andere bedrijven bij om de zaak ingewikkeld te maken en het geldspoor te verbergen. Niemand loopt de aandelentransacties na van een bijna failliete mijnonderneming.'

'Niemand behalve jij.' Jace glimlachte. 'Toch denk ik nog steeds dat het vergezocht is.'

'Dat denk ik niet, en dat zal ik je bewijzen ook.' Kat pakte een glas uit de kast en vulde dat met het ondoorzichtige bruine kraanwater. Ze hield het glas tegen het licht en moest bijna kokhalzen toen ze de troebele vloeistof bekeek.

'Niet opdrinken.' Jace probeerde het glas van haar af te pakken. 'Stel dat je het bij het verkeerde eind hebt.'

'Ik denk dat ik gelijk heb.' Ze keek nog eens naar het water. 'Het water ziet er niet goed uit, maar schijn kan bedriegen.'

'Nee, Kat! Stop. Dat is wel een heel onwetenschappelijke methode om je gelijk te bewijzen. Laten we het eerst laten testen.'

Kat luisterde niet. Ze klokte het water in drie slokken naar binnen en zette het lege glas op het keukenblad. 'Het smaakt net als het water thuis. Eigenlijk nog beter.'

'Je bent hartstikke gek!' Jace rommelde in zijn tas en haalde daar de EHBO-doos uit. 'We zijn in een buurt zonder snelle toegang tot een ziekenhuis en jij drinkt verontreinigd water? Ik kan niet geloven dat je dit gedaan hebt.'

'Iemand moest het doen. Bovendien heb ik nog nooit water van de gletsjer gedronken.' Ze glimlachte. 'Het smaakt echt heel lekker.'

Jace pakte de bijna lege fles wijn van het aanrecht en schonk het restje in haar glas. Hij haalde een flesje waterzuiveraar uit zijn spullen en schonk dat in haar glas. Met zijn vinger roerde hij het mengsel door. 'Hier. Drink op.'

Kat glimlachte en dronk het glas leeg. 'Als je daar blij van wordt.'

Jace schudde zijn hoofd. 'Voor iemand die zo logisch redeneert, doe je echt heel rare dingen.'

'Ik ben niet gek en ik heb geen waterzuiveraar nodig.' Ze zette het glas op het keukenblad. 'Er zit wel iets in het water, maar dat is niet giftig. Het is gewoon kleurmiddel of zoiets, om het water slecht te doen lijken. Het ziet er verontreinigd uit, dus nam niemand de moeite om het te controleren. Het troebele water ziet er overtuigend genoeg uit.'

'Kleurmiddel?'

Kat knikte. 'Er is natuurlijk een andere naam voor dit bepaalde ingrediënt, maar het werkt volgens hetzelfde principe. Het gaat om een niet-giftig ingrediënt waardoor het water er anders uitziet.'

'Maar hoe kan iemand het zo uit de kraan laten komen?'

'Herinner jij je de kapotte waterleidingbuis waar Batchelor het over had? Die was er echt. Zijn bedrijf, Earthstream, heeft de reparatie gedaan. Het was een kleine reparatie, maar de werkzaamheden gaven Earthstream toegang tot de waterleiding in de buurt. Daardoor had hij het middel bij de hand om net te doen alsof het water verontreinigd was. Daar kon hij zijn voordeel mee doen. Net als bij de lekkage waar ik je over vertelde. Die gebruikte hij ook om mensen angst aan te jagen.'

'Oké, dat zie ik wel voor me. Maar hoe kun je aantonen dat Batchelor erachter zit?'

'Het was moeilijk om het laatste stukje van de puzzel te vinden. De Chinese eigenaren verkochten hun aandelen aan Westside Investments. Eerst kon ik geen verband leggen met Batchelor, maar toen zag ik het adres van Westside in de informatie bij de aandelenverkoop. Het was hetzelfde adres als van die andere bedrijven op de Kaaimaneilanden. Westside is eigendom van een ander bedrijf, 247 Holdings. Eén keer raden wie dáárvan de eigenaar is.'

'Batchelor?'

Ze tikte met haar potlood op haar schets van de organisatiestructuur van Batchelors bedrijven. 'Uiteindelijk, ja. Er zitten nog een paar bedrijven tussen, maar daar komt het wel op neer.'

'Maar nam Batchelor geen risico met de lekkage van het residubekken? Hij komt echt op voor het milieu. Waarom een milieuramp riskeren?'

'Dat heeft hij niet gedaan. Er was geen sprake van schadelijke gevolgen voor het milieu. Hij heeft ervoor gezorgd dat de lekkage niet leidde tot verontreiniging van het grondwater. Hij heeft alleen gedaan alsof dat wel zo was.'

'Maar je zei dat de muur van het residubekken beschadigd is. Er moet toch wel een bepaalde hoeveelheid verontreinigd water zijn weggevloeid.'

'Nee, de lekkage was vast heel kleinschalig. Nadat het bekken was gerepareerd, hebben ze waarschijnlijk de muur extra beschadigd met gebruikmaking van zwaar materieel. Creek en het land eromheen hebben nooit enig gevaar gelopen, omdat de reparatie al had plaatsgevonden. Het is allemaal in scène gezet om het te doen lijken op een ramp. Een ramp die nooit heeft plaatsgevonden.'

'Net als bij de special effects in een film.'

Kat knikte. 'Er zijn maar een paar mensen die de lekkage van het residubekken echt van dichtbij hebben gezien. Moet jij eens raden wie dat waren.'

Jace wreef over zijn kin. 'Batchelor, Ranger en de mensen van Earthstream.'

'Precies. Het was een win-winsituatie voor Batchelor. Hij hoefde helemaal geen schade aan het milieu te veroorzaken.'

Jace grimaste. 'En de buitenlandse eigenaren trokken hun handen ervan af door hun aandelen te verkopen. Ze wilden maar al te graag van hun aansprakelijkheid af. Ze hebben geen vragen gesteld omdat ze blij waren dat iemand het probleem van de milieuramp voor hen had opgelost.'

'Juist. En het valt niemand op. Er wordt weinig in die aandelen gehandeld en de enige plek waar de verandering van eigendom wordt onthuld is in de kleine lettertjes van een kwartaalverslag. Het kan niemand iets schelen. De Chinese onderneming vermijdt de kosten voor het schoonmaken van het milieu. Batchelor is zo aardig om die kosten voor zijn rekening te nemen als onderdeel van de koopovereenkomst.'

'Hij heeft al dat land zowat gratis gekregen,' zei Jace verontwaardigd.

'Zo is dat. Maar hij had nog steeds het land van de Kimmels nodig en die wilden niet verkopen. En toen liepen de dingen uit de hand.' Ze dacht aan Ed en vroeg zich af of hij zoals afgesproken op zoek was gegaan naar de sneeuwscootersporen.

'En nu zijn ze dood.' Jace fronste. 'Hoe moet dit nu verder?'

'Daar maak ik me zorgen over. Helen, de dochter van de Kimmels, woont er nog. Waarschijnlijk wil zij het land ook niet verkopen.'

18

Het dreigde ieder moment weer te gaan sneeuwen. Hoewel het nu drie uur in de nacht was, voelde Kat zich helemaal wakker en alert. Door alles wat er was gebeurd, voelde ze de adrenaline door haar aderen stromen.

Ze hadden een heleboel te doen. 'We moeten naar de mijn en daar watermonsters verzamelen, uit het residubekken en uit Prospectors Creek,' zei ze. 'We moeten die laten testen zodat we kunnen aantonen dat er niets mis is met het water; met de eerdere monsters is geknoeid. Als we die monsters met elkaar vergelijken, dan kunnen we het bedrog bewijzen. De beek en het drinkwater zijn helemaal niet verontreinigd. Het water is prima.'

'Je had dat water echt moeten laten testen voordat je ervan dronk.' Jace bekeek haar aandachtig, op zoek naar eventuele tekenen van vergiftiging. 'Stel dat je ziek wordt als we straks buiten zijn.'

Ze maakte een wegwerpgebaar. 'Ik wist dat het water schoon was. Anders zou ik het niet hebben gedronken.'

Jace trok zijn wenkbrauwen op. 'Dat denk je nou wel, maar het is nog niet aangetoond. Eventuele symptomen zijn misschien niet direct merkbaar.'

'Er gaat niets gebeuren. Weet je nog dat Dennis vanmorgen bij het ontbijt een ijsblokje bij zijn water deed? De dispenser in de koelkast is rechtstreeks gekoppeld aan de waterleiding. Hij zegt tegen ons dat er iets mis is met het water, maar hij gebruikt wel ijsblokjes van water uit de kraan!'

'Kunnen we niet gewoon een ijsblokje als monster gebruiken?'

'Nee. We hebben watermonsters nodig van de hele keten: het residubekken, Prospectors Creek en het reservoir. We moeten stap voor stap aantonen dat het water in orde is. Anders lopen we de kans dat iemand zaken wil verdoezelen en achteraf met dingen gaat knoeien.'

'Je bedoelt dat het water dan echt wordt vergiftigd.'

Ze knikte.

'We moeten ook van deze berg af zien te komen.' Jace fronste. 'Anders hebben we niets aan die monsters.'

'We vinden wel een oplossing.'

'We doen er verstandig aan de actievoerders te waarschuwen. Het is niet onmogelijk dat Ranger achter hen aangaat,' zei Jace.

'Ik weet niet hoe ik Ed of een van de anderen kan bereiken,' zei Kat.

Toen ze haar laarzen aantrok, scheen er een licht naar binnen door het keukenraam. Ze liep ernaartoe en keek naar buiten. De landingsplaats van de helikopter was verlicht. De rotorbladen gingen draaien toen de piloot de motor aanzette. Een handjevol gasten stond er een eindje vandaan met hun tassen naast hen in de sneeuw.

Het verbaasde haar dat de piloot het risico nam in dit stormachtige weer te gaan vliegen, zeker nu het nog midden in de nacht was. Hij zou ze wel naar het vliegveld van Sinclair Junction brengen. Vanaf daar zouden ze dan doorvliegen, waarschijnlijk met het privévliegtuig van Batchelor.

Als de helikopter vanaf nu voortdurend heen en weer ging vliegen, werden hun plannen ernstig gedwarsboomd. Het was onmogelijk stiekem naar buiten te gaan en het terrein over te steken zolang er buiten gasten stonden te wachten. Ze hoorde mensen praten. Ze waren te ver weg om te horen wat ze zeiden, maar de joviale stemming van een paar uur eerder was verdwenen. Iedereen die buiten was, leek ongerust en bezorgd. Geen wonder, gezien het gure weer.

Jace stond bij de openslaande deuren. 'Die Ed... weet je waar hij ongeveer woont?'

'Nee, geen idee. Ik weet niet eens hoe hij precies heet.' Toch moesten ze hem waarschuwen. Welke plannen Ranger en Burt ook precies hadden, ze hadden te maken met de actievoerders. Daar was Kat zeker van, ook al had ze geen bewijs. Ineens herinnerde ze zich iets toen ze dacht aan hun gesprek over de sneeuwscootersporen. 'Wacht even. Hij woont in de richting van de heuvel waar de lawine plaatsvond.'

'Dan riskeren we wel een nieuwe lawine.' Jace krabde over zijn kin. 'Maar aangezien het 's nachts kouder is, zal het wel goed gaan.'

'Het enige alternatief is dat we pas iets ondernemen als het ochtend wordt. Dan wachten we Ed op bij de wegblokkade, voordat de protestdemonstratie begint. Hij komt daar zeker langs op weg naar de mijn.' Kat staarde langs Jace naar de openslaande deuren achter hem. Het terras was een beetje verlicht door de buitenlampen. Achter de met sneeuw bedekte balkonleuning hield het licht ineens op; het was daar ijzig en donker. Ze vroeg zich af welke geheimen de vallei nog meer verborgen hield.

'Dat lijkt me niets,' zei Jace. 'En ik wil niet vervelend doen, maar het is al bijna ochtend.' Jace keek op zijn horloge. 'Over een uur of vier is het licht.'

Ze zuchtte. 'Dat is dan duidelijk. Dan maar beter nu.' Ze hadden bijna een uur gepraat sinds het vertrek van Ranger. De helikopter was alweer terug en er stapte een nieuwe groep gasten aan boord.

Jace keek uit het raam. 'We kunnen nu niet weg. Als we dat doen, worden we ontdekt.'

'Dan gaan we als de helikopter zodadelijk vertrekt. Dan duurt het waarschijnlijk nog minstens een half uur voordat hij weer terug is.' Het gedoe met de helikopter was een onverwachte complicatie. Ze moesten over het besneeuwde landgoed lopen en de lamp op hun hoofd pas aandoen als ze van het terrein af waren.

Kat dacht weer aan Ranger en de ruzie die ze een uur geleden hadden gehad. 'Ranger gaat Dennis alles vertellen. Hoe laat heb je met Dennis afgesproken morgenochtend? Als we niet op tijd terug zijn, snappen ze direct dat we iets van plan zijn.'

Ze tuurde uit het raam toen ze het licht van een zaklamp zag. Zeker een vertrekkende gast op weg naar de helikopter. Maar het licht scheen in de richting van de blokhut en niet in die van het helipad.

Ze had echter geen licht nodig om te zien welke mannen er hun richting op kwamen.

'Oh nee. Daar komt Ranger, en hij heeft Batchelor bij zich.' Te oordelen naar hoe snel ze aan kwamen lopen, waren ze boos. 'Het ziet ernaar uit dat ze al hebben gepraat samen.'

'Ik zou graag met die helikopter mee willen gaan,' zei Jace. 'Wat zeggen we tegen hem?'

'Ik weet het niet, maar we moeten op de een of andere manier Ranger in een kwaad daglicht stellen.' Dat was hun enige kans. Ze moesten hun vertrek uit de blokhut opnieuw uitstellen. Maar ze besefte dat voor Ranger hetzelfde gold. 'Als we het voor elkaar krijgen dat Ranger het landgoed nu niet verlaat...'

'Dan kunnen we de explosie voorlopig tegenhouden.' Jace maakte de zin voor haar af. 'Ik bedenk wel iets.'

Kat realiseerde zich nu dat ze eigenlijk geluk hadden met het heen en weer vliegen van de helikopter. Als ze al weg waren geweest uit de blokhut, zouden Batchelor en Ranger dat ontdekt hebben en hen achterna zijn gegaan, zodat hun plan zou zijn gedwarsboomd.

Ze schrok toen een van de mannen op de deur bonsde. Ze knikte naar Jace en hij liet hen binnen.

'Hij mag hier niet meer binnenkomen!' Kat wees naar Ranger. 'Hij is hier eerder binnengedrongen en heeft me aangevallen.'

'Zo is het niet gegaan.' Ranger kneep zijn ogen samen en keek haar woedend aan.

'Dus je ontkent dat je hier ongevraagd bent binnengekomen?'

'Het was om de sloten te...'

Kat liet hem niet uitpraten. Ze pakte haar tas van het bed en liep langs de mannen naar de deur. 'Ik ga met die helikopter mee. Zodra die ergens landt waar ik bereik heb, bel ik de politie en vertel ik wat je hebt gedaan. Maar eerst ga ik iedereen hierbuiten vertellen wat er is gebeurd.'

Jace kneep zijn wenkbrauwen samen, omdat hij niet direct begreep waar Kat op aanstuurde. Maar toen pakte ook hij zijn tas en liep achter Kat aan. 'Ik ga met haar mee,' zei hij.

'Wacht even,' zei Dennis. 'Ranger wilde gewoon iets nakijken in de blokhut. Hij besefte niet dat je binnen was.'

'Geloof je het zelf?' Kat wees naar Batchelor. 'Jouw werknemer viel mij aan. Míj, een gast! Wat zullen je andere gasten daarvan vinden?'

Buiten stapten nog een paar gasten aan boord van de helikopter en de piloot sloot de deur. De tien of twaalf overblijvende mensen liepen in een groep naar de oprijlaan; zij hoopten dat ze bij de volgende vlucht mee zouden kunnen.

'Je kunt daar niet naartoe.' Dennis probeerde haar tegen te houden in de hal.

'Ik heb geen andere keus. Hier ben ik niet veilig.'

'Goed. Oké dan.' Dennis keek Ranger woedend aan. Hij liep rood aan, duidelijk in alle staten. Hij wendde zich tot Kat. 'Hij had hier niet zomaar binnen moeten komen. Hij had zich niet zo moeten gedragen. Ik spreek hem erop aan. Ik beloof je dat het niet nog een keer zal gebeuren.'

Dennis draaide zich om en liep naar buiten zonder verder iets te zeggen, op de voet gevolgd door Ranger. Kat liep naar het keukenraam en zag hoe ze naar het helipad liepen. Dennis wilde nu zoveel mogelijk de schade beperken en was waarschijnlijk op weg naar Rosemary om haar uit te horen over wat ze allemaal aan Kat had verteld.

In ieder geval had Dennis beloofd om Ranger bij haar weg te houden. Kat wist niet wat die belofte voorstelde, maar ze hadden nu wel wat meer tijd. Ranger deed blijkbaar wat Dennis hem opdroeg, alleen konden de methoden die hij daarbij gebruikte niet geheel de goedkeuring van zijn baas wegdragen.

Wat nog belangrijker was: Ranger moest zijn plannen even

opschorten. Jace en zij zouden een poosje alleen zijn en niet gestoord worden, zodat ze de kans hadden om stiekem naar de mijn te gaan.

Maar eerst moest ze ervoor zorgen dat ze dit zouden overleven. Aangezien ze nog niet buiten gevaar waren, kon Kat niet het risico lopen alles op haar laptop te laten staan en verder nergens op te slaan. Ranger of Dennis konden nog steeds de laptop pakken en kapot maken. Ze waren niet veilig voordat ze van de berg af waren, aangezien zij de enigen waren die de waarheid kenden. Een waarheid die gemakkelijk kon worden verdoezeld door middel van een nieuw "ongeluk".

Jace hield het helipad in de gaten om er zeker van te zijn dat Dennis en Ranger teruggingen naar het landhuis. 'Ze zijn weg, en dat geldt ook voor de helikopter.' Hij zag de verlichting van de helikopter bij het opstijgen afsteken tegen de donkere lucht.

'Nog eventjes.' Ze kopieerde haar bevindingen in een e-mail en drukte op verzenden. Jace zou woedend zijn als hij erachter kwam wie ze had gemaild, maar ze had geen keuze. Er waren maar weinig dingen die een journalist erger vond dan het moeten prijsgeven van een primeur, maar dit was een zaak van leven en dood.

Wat ze nu deed was zorgen voor een ontsnappingsmogelijkheid. Dat hoopte ze tenminste... anders was het 't stomste wat ze ooit had gedaan. Ze hoopte maar dat het niet het tweede was, maar ze wist niet wat ze anders kon doen.

'Het is nu of nooit. Laten we gaan.'

Ze had haar laptop bijna dichtgeklapt toen ze de foutmelding zag. De e-mail was niet verstuurd. Dat stomme internet ook! Het geld van Dennis Batchelor bracht hem macht en privileges, maar een goede verbinding met het internet kreeg hij niet voor elkaar.

Ze klikte op de e-mail en probeerde opnieuw die te versturen.

Niets. Het scherm van haar laptop was vastgelopen. Nog steeds werd geprobeerd om verbinding te maken.

'Kom op, Kat. Zo missen we onze kans. Zet die laptop weg en laten we gaan.'

Kat deed haar laarzen aan en trok haar jack aan. Ze pakte haar tas, deed er de inhoud van de koelkast in en slingerde hem over haar schouder.

Jace stond al bij de deur. 'Dat hebben we allemaal niet nodig.'

Daar was ze niet zo zeker van. Misschien kwamen ze hier wel helemaal niet terug.

Jace stond al buiten. Kat bleef even staan, rende toen terug naar de tafel en stopte de laptop ook nog in haar tas. Als ze hem hier zou laten liggen, had Ranger nóg meer reden om hen uit de weg te ruimen.

Er was al een stel dat een ontijdige dood was gestorven en de kans zat erin dat hun dat lot ook zou treffen...

19

Toen ze alle twee buiten waren, liepen ze om de blokhut heen en staken ze onder dekking van de duisternis de oprijlaan over. Daarvandaan gingen ze op weg naar het pad bij het hek. De ijskoude lucht deed pijn aan Kats longen toen ze diep inademde en haar schoudertas verschoof.

Door de onverwachte helikoptervluchten – en het bezoek van Ranger en Dennis aan de blokhut – hadden hun plannen vertraging opgelopen. Ze hadden nu nog maar een uur of drie tot zonsopgang, dus gingen ze eerst naar de mijn voordat ze naar de wegblokkade gingen. Uiteindelijk zou Ed wel verschijnen bij de blokkade. Daar ging ze tenminste van uit.

Ze hadden hoe dan ook watermonsters nodig van het bekken en de beek. Niet alleen voor het laboratorium, maar ook om Ed en de anderen ervan te overtuigen dat er niets mis was met het water.

In de verte hoorde ze een wolf huilen. Dat leek te komen uit de richting van waar ze naartoe gingen. Een tweede wolf huilde terug, gevolgd door nog een wolf, en nog een. Binnen een paar minuten huilde de hele roedel en het geluid werd steeds luider. Kat rilde.

Aangezien het winter was, had ze er geen rekening mee gehouden dat ze wilde dieren zouden kunnen tegenkomen. Eerder vandaag was het rustig geweest. Beren hielden een winterslaap, maar wolven niet. Dat waren roofdieren en in deze tijd van het jaar was voedsel schaars.

'We moeten het tempo opvoeren,' zei Jace. 'Hoe ver is het nog naar de mijn?'

'Niet ver meer. Maar het valt niet mee om zo in het donker te lopen.' De lamp op haar hoofd was lang niet zo sterk als ze had gedacht en ze kon maar een paar meter vooruit kijken. De banden van haar tas, die eerst pijn hadden gedaan aan haar schouder, sneden nu in haar hand. Bij elke stap kreeg ze die tas tegen haar scheenbeen. Dat was ook niks. Ze hing de tas maar weer over haar rechterschouder. Bij haar wandelingen eerder vandaag was haar tas vrij leeg geweest en ze had het extra gewicht onderschat. Was het echt nodig geweest om de complete inhoud van de koelkast in haar tas te stoppen? Waarschijnlijk niet. Maar nu was het te laat. Ze bedacht nu ook dat ze de geur van voedsel verspreidde naar ieder roofdier in de buurt. Ze was gewoon aas voor wolven geworden.

'Bij dit tempo zijn we nooit voor de ochtend terug.' Jace stopte even om op haar te wachten.

De sneeuwvlokken dwarrelden weer neer. Hoewel de sneeuw het geluid van hun voetstappen dempte, maakte het sneeuwdek ook dat ze sporen achterlieten. Voor eventuele achtervolgers was hun bestemming duidelijk op basis van de voetstappen. Daarmee had ze bij haar plannen geen rekening gehouden. Degene die de explosie voorbereidde, zou natuurlijk ook buiten zijn vóór zonsopkomst en het was onvermijdelijk dat hun wegen elkaar zouden kruisen.

Kat verplaatste de tas naar haar andere schouder en probeerde de pijn die was overgegaan in een dof kloppend gevoel uit haar hoofd te zetten. Aangezien ze de kans liepen te worden ontdekt als ze teruggingen, konden ze alleen nog maar doorgaan met hun plan.

Het snorrende geluid van rotorbladen doorsneed de stilte toen de helikopter hoog boven hen voorbijvloog. Hij kwam terug om de volgende groep gasten op te halen.

Ze kwamen bij een splitsing. 'Daarheen.' Kat wees naar links en ze volgden het pad de helling op naar de mijn. Ze waren er nu bijna.

Hopelijk was er zo vroeg in de ochtend geen bewaker aanwezig. Ze hadden geen alternatief plan als dat wel zo was.

Kat sjokte achter Jace aan de heuvel op en na wat een eeuwigheid leek te duren, kwamen ze bij de mijn. Ze wees naar de schuur. 'We kunnen daar onze spullen achterlaten, zodat we er niet mee rond hoeven te sjouwen. We kunnen alles later weer ophalen.' Ze moest die zware tas gewoon even kwijt en het had ook geen zin hun bagage helemaal mee te slepen naar het residubekken. Hun tassen zouden uit het zicht staan in de schuur en droog blijven totdat zij de watermonsters hadden verzameld.

Kat liep achter Jace aan naar de deur van de schuur; tot haar opluchting stonden er geen voertuigen op de parkeerplaats.

Jace morrelde aan het hangslot. 'We kunnen niet naar binnen. De schuur zit op slot. Misschien moeten we geen moeite doen.'

'Stel dat we zo meteen haast moeten maken? Onze bagage kan hier veilig achterblijven terwijl wij de monsters verzamelen. Bovendien duurt het nog wel een paar uur voor we Ed kunnen verwachten bij de wegblokkade. We moeten wel érgens wachten.'

'Oké, maar ik kan dat slot niet openkrijgen. Ik heb geen gereedschap bij me.'

Kat keek naar het glimmende, nieuwe hangslot dat stevig was bevestigd. Het was duidelijk dat de bewaker na haar bezoek het oude hangslot had vervangen. Terneergeslagen liet ze zich zakken tegen de zijkant van de schuur.

'Wat nu?' Ze had de schuur ook beschouwd als een soort schuilplaats voor het geval ze ontdekt werden. Afhankelijk van wie ze voor zonsopkomst tegenkwamen, was dat misschien nodig.

'Maak je geen zorgen,' zei Jace. We hebben nog even tijd. Laten we zien of er iets is waarmee ik het slot open kan krijgen.'

'Ik kijk wel even rond of ik iets kan vinden.' Het sneeuwde weer harder en alles werd bedekt met dikke, natte vlokken. Ze zag genoeg verroest gereedschap liggen, maar niets waar je iets van af kon halen om te gebruiken als een soort schaar of een koevoet.

Achter haar hoorde ze brekend glas. Ze draaide zich snel om, maar ze zag Jace niet. Ze keek om de hoek van de schuur. Jace had met een baksteen het zijraam ingeslagen. Nu konden ze door het raam naar binnen klimmen. Kat slaakte een zucht van opluchting – ze hadden een veilige schuilplaats.

'Sorry, maar ik vond bij nader inzien dat we onze tijd wel beter konden gebruiken,' zei Jace. Hij haalde glasscherven weg met zijn handschoen. 'En we moeten een noodplan bedenken. We weten niet wie we hier tegen kunnen komen.'

Het was eigenlijk ook beter zo, omdat een kapot of ontbrekend slot onmiddellijk zou opvallen en een gebroken zijraam veel minder.

Kat knikte. 'Ik verwacht half dat Ranger hiernaartoe komt. Er is een reden waarom hij me dat terras opduwde.' Ze voelde een rilling langs haar rug lopen toen ze zich voorstelde hoe ze naar beneden het ravijn zou zijn ingestort als Ranger zijn zin had gekregen.

Ze klopte op haar tas en werd gerustgesteld door de harde plastic randen van haar laptop. Alles wat ze hadden achtergelaten in de blokhut kon worden vervangen, maar dat niet.

Tot haar verrassing knikte Jace instemmend. 'Ik weet zeker dat hij op de een of andere manier die lawine naar beneden heeft laten komen. Die blik van hem toen hij net binnenkwam... Hij weet dat je iets te weten bent gekomen, dus moet hij je het zwijgen opleggen. Dennis gaat hem niet tegenhouden, want het is precies wat hij ook wil. Zoals je al zei: als je mensen doodsbang maakt, zijn ze bereid hun land te verkopen.'

Hij gebaarde dat ze naar het raam moest komen en deed zijn handen bij elkaar om haar een opstapje te geven. Ze zette haar tas neer en klom door het raam naar binnen.

'Wat heb je in die tas? Stenen?' Jace trok een grimas toen hij haar tas optilde.

'Gewoon een zekerheidje.' Ze pakte de twee tassen van hem aan voordat ze Jace op haar beurt hielp door het raam te klimmen. Ze zette hun tassen in een hoek achter een paar machines. Daar zou niemand ze zien, tenzij ze de hele schuur overhoop haalden.

Jace sprong naar beneden en veegde zijn handen af. 'Vergeleken met ons vorige onderkomen geef ik hier maar één ster voor.' Hij streek een lucifer af en keek de schuur door. In het schemerlicht wierpen de machines dinosaurusachtige schaduwen op de muren erachter. Afgezien van de lucifers hadden ze geen licht. En ook geen verwarming. Het was een heel verschil met de luxueuze blokhut en bijna wenste Kat dat ze meer tijd in de blokhut had doorgebracht.

Jace stak nog een lucifer aan. Hij zat voor een stapel dozen; er vielen lange schaduwen over zijn gezicht.

Lucifers.

Dynamiet.

Jace zat er nog geen meter vandaan. Ze pakte zijn hand beet en blies de lucifer uit.

'Waar was dat voor nodig?'

Door het zijraam kwam een koude windvlaag naar binnen. Buiten werd de lucht al een beetje lichter. Ze huiverde. 'Laat maar even. Laten we die monsters maar gaan halen.' Het naar binnen en weer naar buiten klimmen leek een beetje jammer van de moeite, maar ze hadden in ieder geval wel een veilig onderkomen tot zonsopgang, Ze rommelde in haar tas en haalde er een paar lege plastic flesjes uit. Ze overhandigde er een paar aan Jace. 'Laten we nu eerst maar naar het residubekken gaan.'

Ze zou hem later wel vertellen over dat dynamiet in de schuur.

20

Het water in het residubekken was helemaal bevroren. Kat zocht naar een steen om het ijs mee kapot te slaan, maar het duurde een paar minuten voordat Jace daarin slaagde en zo bij het water onder het ijs kon komen.

Kat had net genoeg water in het flesje geschept om een monster mee te nemen, toen ze het geluid van de helikopter boven hun hoofd hoorden. Hij kwam dichterbij en het klapwiekende geluid van de rotorbladen nam in intensiteit toe. Ze bewoog niet en wachtte tot het geluid van de helikopter die op weg moest zijn naar het helipad bij het landhuis van Batchelor zou wegsterven. In plaats daarvan werd het geluid sterker. De heli vloog niet voorbij de mijn, maar was aan het dalen.

'Ze komen achter ons aan, Jace.' Kat trok aan zijn schouder. 'We kunnen geen kant op.' Op de een of andere manier moesten Ranger en Dennis hebben geweten dat ze bij de mijn waren, ook al waren ze niemand tegengekomen, zelfs geen nachtwaker. Waarschijnlijk waren ze gezien op beveiligingscamera's. Ze waren achter hen aangegaan toen de laatste gasten van Batchelor naar het vliegveld waren vervoerd.

Jace strekte zijn nek en zocht de donkere lucht af. 'Ik hoor hem wel, maar ik kan vanwege het wolkendek niets zien.'

Kat sprong op. 'We kunnen maar beter gaan zolang het nog kan.'

'Wacht – misschien zijn het die andere actievoerders wel. Die zouden ons kunnen helpen.'

'Er zijn er te veel om per helikopter te komen. Ranger heeft mijn laptopscherm gezien en weet dat ik iets te weten ben gekomen over het eigendom van de mijn. Dan kan hij ook bedenken dat we hiernaartoe zijn gegaan om watermonsters te nemen.'

'Hij weet niet zeker dat je dat hebt uitgepuzzeld van dat eigendom.'

'Misschien niet, maar hij weet dat ik wil gaan onthullen hoe onderhands Dennis te werk gaat. We moeten hier echt weg.'

'Maar waarnaartoe? Als we naar de schuur rennen, zien ze ons over het parkeerterrein lopen.' Jace keek omhoog. Het landingsgestel van een helikopter brak door het wolkendek en werd gevolgd door de rest van het toestel. Het parkeerterrein lichtte op in een vage gloed doordat het licht werd weerkaatst door de wolken. De lichtcirkel werd groter toen de helikopter daalde. De wind wervelde om hen heen. Het zou niet lang duren voordat ze gevangen zouden worden in het licht van de helikopter.

Zonder dekking van de duisternis hadden ze geen enkele kans.

Kat wees naar de mijningang toen de heli verder daalde. 'Daarheen.'

Het zoeklicht van de helikopter veranderde de duistere parkeerplaats ondertussen in een vreemd, buitenaards landschap. Het blauwwitte licht werd weerkaatst door de sneeuw; wat ze voor zich zagen was net een soort filmdecor bij griezelige poolfilms. Moeizaam liepen ze richting de mijngang en de duisternis, maar het zoeklicht volgde hen. Kat voelde zich net een dier in een natuurdocumentaire dat gevolgd werd door onzichtbare vijanden in de lucht. Het maakte niet uit waar ze heen gingen; dit gevaar konden ze niet ontlopen.

21

Toen ze eenmaal een paar meter de mijngang in waren gelopen, kreeg Kat een vreselijke hoestbui en boog zich voorover. Haar longen leken wel in brand te staan doordat ze zo hard had moeten lopen in de ijskoude lucht. Ze steunde met een hand tegen de rotswand. Tegen haar handpalm voelde ze stof en vuil.

Ze kon Jace niet zien in het pikkedonker, maar ze hoorde hem hijgen.

Kat was blij dat ze haar tas had achtergelaten in de schuur, want anders hadden ze de mijngang nooit gehaald. Maar stel dat ze haar laptop vonden! Die was wel goed verborgen, maar het kapotte raam was een duidelijke reden voor de mannen om binnen te gaan kijken. Haar computer bevatte het enige definitieve bewijs dat Batchelor de zaak had bedrogen, afgezien van het flesje water dat ze stevig in haar hand vast had. 'Ik denk dat ze ons hebben gezien.'

'Misschien wel, misschien niet,' zei Jace. 'Doorlopen. We moeten buiten gehoorsafstand komen.' Zijn voetstappen weergalmden in de holle ruimte. 'Het geluid draagt hier ver.'

Kat volgde zijn stem toen die verder weg leek te gaan. Direct daarna liep ze tegen een muur. Letterlijk. Haar neus begon te bloeden en ze moest vreselijk hoesten vanwege het stof dat ze had ingeademd. Dit was geen goed idee; ze kon niet zomaar gaan rennen als ze niets kon zien. Een mijn was een gevaarlijke plek.

Ze vloekte binnensmonds. In het duister had ze niet gezien dat de mijngang een hoek van negentig graden maakte.

'Opschieten.' Ergens voor haar echode Jace' stem door de ruimte.

De lucht in de mijngang was vochtig en Kat had moeite om vooruit te komen, omdat ze niet zag waar ze naar naartoe ging. 'Wacht. Ik denk dat we beter niet nog verder kunnen gaan.'

Ze hoorde Jace' stem een paar meter voor haar. 'We moeten wel. Er bestaat een kans dat ze ons dan niet vinden. Misschien hebben ze ons buiten niet gezien.'

Ze schuifelde een beetje; bij elke stap nam haar onrust toe. 'Het is toch duidelijk dat we hier moeten zijn! We hebben onszelf in een onmogelijke positie gebracht. We kunnen nergens heen.' Haar gezicht liep rood aan. Ze werd overvallen door claustrofobie.

'Kat?' Jace liep nu minstens een meter of vijf voor haar uit, een stuk verder de mijngang in. 'Waar blijf je?'

Ze wilde net antwoord geven toen ze voetstappen hoorde bij de ingang van de tunnel.

Haar hart ging wild tekeer. Ze zaten gevangen. Ze konden geen kant uit.

Ze moest zo snel mogelijk Jace zien in te halen. Kat deed de zaklamp op haar mobiel aan en deed haar hand erover zodat er maar een dunne straal licht voor haar uit scheen. Ze keek recht vooruit en probeerde geen aandacht te schenken aan de krappe gang en het lage plafond. Ze schrok toen ze ergens voor zich een steen hoorde vallen.

Kat zuchtte van opluchting toen ze de rug van Jace zag. Ze liep iets sneller om hem in te halen. De lichtstraal viel op lege houten kratten. Er stonden dezelfde letters op als op de dozen die Ranger en Burt hadden in- en uitgeladen.

Explosieven.

'Kat? Doe dat licht uit.'

'Nee. Kijk hier eens.' Ze richtte de lichtstraal op een ontstekingsmechanisme. Te laat besefte ze dat ze een fout hadden gemaakt. Het mechanisme was waarschijnlijk zo ingesteld dat de lading explosieven zou afgaan tijdens de protestdemonstratie. 'Ze hebben híér explosieven neergezet!'

Jace vloekte zachtjes. 'Dit moet de plek zijn waar ze de explosie hebben gepland.'

'Het parkeerterrein lag te veel voor de hand.' Kats hart bonsde. 'Ranger en Burt zijn van plan om de demonstranten op de een of andere manier hier naar binnen te krijgen. In de mijngang wordt het geluid van een explosie gedempt. Dan zal niemand iets horen.'

Ze waren in een dodelijke val gelopen.

'Dat zullen ze waarschijnlijk doen onder bedreiging van een vuurwapen.' Jace sprak met zachte en kalme stem.

'Nu snap ik het.' Kats stem brak. 'Ze laten de explosieven afgaan en dan geven ze de schuld aan de actievoerders door het op een ongeluk te laten lijken. Iedereen zal denken dat de actievoerders de mijngang zelf hebben gesaboteerd omdat ze die wilden opblazen, terwijl ze eigenlijk het slachtoffer zijn.'

De lichtstraal viel op Jace' gezicht. 'En nu worden wij het slachtoffer,' zei hij. Zijn ogen waren wijd opengesperd.

Ze hadden een fatale vergissing begaan.

En er was ook meer dan één ontstekingsmechanisme. Kat kon de draden volgen met de lichtstraal van haar telefoon. Ze liepen langs de ene muur naar de ingang van de mijn. Het mechanisme in de mijngang was misschien een reservemechanisme, of misschien werd het van buitenaf bediend. Ze wist niet genoeg van explosieven om dat te kunnen zeggen. En ze wilde het liever ook niet weten.

Er klonk een zware stem door de holle ruimte. 'Kom naar buiten, nu direct!'

Kat moest hoesten, een onwillekeurige reactie op al het stof. Ze draaide haar hoofd verbaasd in de richting van de stem. Die klonk niet als die van Dennis of Ranger. Haar hart bonsde toen ze zich realiseerde dat er geen ontsnappen mogelijk was. Wat ze ook probeerden, ze moesten uiteindelijk toch naar buiten komen.

En dat was misschien ook maar het beste, want dat betekende dat er geen onmiddellijke explosie te verwachten viel. Het gaf hun wat tijd; het gaf hun een kans om te ontsnappen.

'Misschien is het die bewaker,' zei Kat zachtjes, ook al was ze niet overtuigd. Hoewel de echo in de mijn de stem van de spreker vervormde, klonk die jonger en krachtiger dan de stem van de oudere man die ze eerder had ontmoet. 'Dat is Ranger niet. En ik denk ook niet dat het Dennis of Burt is.'

'Wie het ook is, we kunnen maar beter doen wat hij zegt.' Jace kneep zachtjes in haar schouder. 'Geen onverwachte bewegingen maken tot we weten wat hij wil. '

Hij kuste haar voordat hij in de richting van de uitgang begon te lopen. 'Loop maar achter me aan.'

Kats hart ging tekeer toen ze zich voorstelde hoe dit kon aflopen.

Zou de explosie krachtig genoeg zijn om de schuur aan de andere kant van het parkeerterrein op te blazen? Dan zouden mensen het gebouw ontruimen en iemand misschien het bewijsmateriaal vinden op de harddrive van haar computer. De waarheid onthullen. Dat was echter onwaarschijnlijk, omdat iedereen die hier rondliep uiteindelijk voor Dennis Batchelor werkte. En ze twijfelde er niet aan dat Ranger het hele terrein grondig zou afspeuren om alle eventueel aanwezige belastende bewijzen te verwijderen.

Kat haalde diep adem en liep achter Jace aan naar de uitgang. Ze was niet van plan om ten onder te gaan zonder tegenstand te bieden.

22

Jace pakte Kat stevig bij haar hand toen ze bijna bij de uitgang waren. 'Wie is daar?'

'Jace, ik ben het, Gord. Ik kom naar binnen.'

'Gord? Wat krijgen we nou?' Jace geloofde zijn oren niet. 'Wat doe jíj hier?'

'Heeft Kat niets tegen je gezegd?'

Er viel een lichtstraal naar binnen die hen even allebei verblindde.

'Wat moet ze gezegd hebben?' Jace bleef even staan. 'Wacht... niet naar binnen komen. Wij komen naar buiten.'

Kat haalde opgelucht adem. De e-mail was toch verstuurd! Soms gebeurden er inderdaad wonderen.

Ze liepen terug langs de draad die van het ontstekingsmechanisme naar buiten voerde. De draad was slordig neergelegd en ze hadden er in het donker gemakkelijk op kunnen trappen. Zou een ruk aan de draad genoeg zijn geweest om de explosieven te laten afgaan?

Jace trok aan haar arm. 'Kom op. We moeten hier geen tijd verdoen.'

Hij liep op de uitgang af en Kat volgde hem. Even later kon ze ijskoude lucht inademen. Frisse lucht had nog nooit zo goed gevoeld.

'Verrek, je bent het echt,' riep Jace uit. 'Je weet niet hoe blij ik ben om jou te zien!'

Gord Dekker stond bij de ingang met een krachtige zaklantaarn in zijn rechterhand. Eigenlijk was hij een concurrent van Jace, aangezien hij nu voor de *The Daily Beat* werkte, nadat hij eerder in het jaar was weggegaan bij *The Sentinel*.

Kat rende op Gord af en omarmde hem. 'Je hebt mijn e-mail wél gekregen. Ik dacht dat hij niet was verstuurd!' Ze had geen tijd gehad om haar laptop helemaal uit te schakelen toen ze in grote haast de blokhut hadden verlaten. Haar e-mailprogramma had het bericht opnieuw gestuurd. De slechte internetverbinding moest lang genoeg zijn hersteld om dat mogelijk te maken.

Gord maakte zich los en sloeg een arm om haar schouder. 'Ik snapte niet waarom je mij een primeur zou gunnen in plaats van dat vriendje van je. Ik wist gewoon dat jullie in de problemen moesten zitten.'

Op Jace' gezicht stond een uitdrukking te lezen van onverhulde schok. 'Heb je het verhaal aan Górd gegeven?'

'Ik moest een reserveplan hebben en iemand in vertrouwen nemen. Ik wist dat Gord het verhaal zou natrekken en het verhaal naar buiten zou brengen als er met ons iets zou gebeuren.' Kat maakte zich los uit zijn omarming. 'Maar ik had niet gedacht dat je midden in de nacht al actie zou ondernemen.'

'Jullie hebben geluk dat ik niet veel slaap.' Gord wendde zich tot Jace. 'Klaar om te gaan?'

'Nog niet helemaal.' Jace wees naar de parkeerplaats. 'We moeten eerst onze tassen uit die schuur halen.'

Kat liep achter de twee mannen aan richting de parkeerplaats. Nu de ochtend naderde, voelde ze zich onrustig worden en ze wilde dolgraag de helikopter in en hier wegwezen. Het kleine eindje naar de schuur leek een eeuwigheid te duren. Ze hoopte maar dat de heli geen ongewenste aandacht zou trekken.

Jace klom door het raam en gaf de tassen aan. Daarna klom hij weer naar buiten. 'Waar heb je die helikopter in vredesnaam vandaan?'

'Dat is de heli van de gezamenlijke pers.' Gord grijnsde. 'Ik mocht hem lenen. Met de piloot erbij natuurlijk, en een paar tussenstopjes om bij te tanken. En nu we het er toch over hebben, we moeten opschieten. De klok tikt en elke minuut kost klauwen met geld.'

Het licht van de heli aan de andere kant van de parkeerplaats leek op een wenkend baken toen ze ernaartoe liepen.

'Ik begon te denken dat ons laatste uur geslagen had,' zei Jace. 'Ik vrees dat we hier niet meer welkom zijn.'

'Een kwestie van goed plannen.' Gord gebaarde dat Kat haar tas aan hem moest geven en hij hing hem over zijn schouder. 'Jullie verhaal komt in de maandagochtendeditie van *The Daily Beat*. Nu nog onder mijn naam, met jullie beiden als anonieme bron. Als jullie eenmaal in veiligheid zijn, zullen we jullie identiteit onthullen.' Hij wendde zich tot Jace. 'Ik dacht dat jullie nu nog niet in de openbaarheid wilden treden.'

'Ik hoef helemáál niet in de openbaarheid,' zei Kat. Ze wilde liever geen publiciteit voor zichzelf.

'Je hebt helemaal gelijk. Niet voordat we hier weg zijn.' Jace gebaarde naar de helikopterpiloot. De rotorbladen kwamen weer in beweging. 'Laten we maar opschieten.'

Nauwelijks had hij de woorden gesproken of het licht van twee koplampen scheen over de parkeerplaats. De wielen van de terreinwagen slipten in de sneeuw toen hij op hen afkwam.

Ranger.

'Rennen!' De Landcruiser ging harder rijden en kwam recht op Kat af.

Minder dan twintig meter bij haar vandaan... ze was er bijna, maar Kat dreigde te worden afgesneden van de helikopter.

Ze dwong zichzelf om op de open deur van de helikopter af te blijven rennen. Jace was er al en Gord liep een eindje voor haar. Ze moest opboksen tegen de wind van de rotorbladen.

'Kom op!' schreeuwde Gord. Hij draaide zich om en greep haar arm.

De Landcruiser kwam slippend tot stilstand op een meter of vijf van de helikopter vandaan. Ranger sprong uit het voertuig en zwaaide driftig naar hen. 'Jullie mogen niet weg... kom terug!'

Kat had zich nog maar net naar binnen gehesen toen de heli al opsteeg. Ze schrok toen ze zag dat de deur nog niet dicht was. Krampachtig hield ze zich vast aan de stoelleuning om niet te vallen terwijl ze omhooggingen. Eerst vijf meter, toen tien; pas toen ze een meter of twintig boven het asfalt van de parkeerplaats waren, hing de helikopter recht.

Gord trok de deur dicht en de helikopter ging verder omhoog. Na korte tijd vlogen ze een meter of zestig boven de grond. Rangers Landcruiser veranderde in een ongevaarlijke speelgoedautootje.

Het vroege ochtendlicht herinnerde Kat aan de hachelijke weersomstandigheden; de piloot had alle moeite om de helikopter recht te houden. Haar maag speelde op toen ze haar veiligheidsriem vastmaakte.

Een paar minuten later werd het allemaal rustiger toen de piloot hoger ging vliegen en op weg ging naar de kust. Ze draaide zich om naar Gord, omdat ze er zeker van wilde zijn dat er hulp onderweg was naar Ed en de andere plaatselijke actievoerders. Ze begon tegen hem te praten, maar kon zichzelf niet horen boven het lawaai van de heli uit.

Gord reikte Kat een koptelefoon aan en gebaarde dat ze die op moest zetten. Hij en Jace deden hetzelfde.

'De piloot heeft zojuist via de radio de politie ingelicht.' Gords stem kraakte in haar oren. 'Ze zullen Ranger en Burt arresteren voor de geplande aanslag met de explosieven. Ze nemen contact op met mijn redacteur om jouw bestand te krijgen. Het zal misschien nog wel een paar uur duren voor ze meer kunnen doen, omdat ze de hulp nodig hebben van rechercheurs van politiekorpsen in de buurt. Ze zullen de mijn in ieder geval veiligstellen en ervoor zorgen dat er niemand naar toe kan. Verdere actie wordt pas ondernomen als de ondersteuning van die andere korpsen aanwezig is.'

Het was goed dat er hulp van buiten kwam, aangezien Batchelor eraan gewend was om zijn eigen regels te maken in Paradise Peaks.

Waarschijnlijk deed de plaatselijke politie wat hij wilde. Tenslotte hadden ze Ranger gistermorgen op zijn woord geloofd en de lawine verder niet onderzocht.

Dat bracht haar op een idee. 'Vraag aan de politie of ze contact willen opnemen met een van de actievoerders; hij heet Ed. De buurtbewoners weten wel wie ik bedoel. Hij heeft misschien foto's genomen van de lawine die kunnen aantonen dat het geen ongeluk was.' Althans, dat vermoedde ze.

Gord knikte. 'Jouw aantekeningen over de lawine en je eigen waarneming van de explosieven is bij elkaar genoeg om Ranger en Burt daar ook over te ondervragen. Al zal het moeilijk worden te bewijzen dat de lawine opzettelijk is veroorzaakt.'

'Ik betwijfel of Batchelor zal meewerken,' zei Jace. 'Hoe kun je voorkomen dat hij naar een ander land vlucht? Hij kan gewoon naar een plek vluchten waar hij ook geld opzij heeft gezet.'

'Ik vermoed dat hij blijft. Of publiciteit nu gunstig of ongunstig voor hem is, hij houdt ervan om in de belangstelling te staan. Zijn ego is te groot om te vluchten,' zei Kat. 'Hij gaat er vast vanuit dat Ranger de schuld op zich neemt. Ik vraag me alleen af of dat gaat gebeuren.'

'Waarom niet?' vroeg Gord. 'Hij krijgt waarschijnlijk heel goed betaald voor wat hij allemaal doet.'

'Het gaat niet om het geld,' zei Kat. 'Ranger voelde zich verraden toen Batchelor zijn afkeuring liet blijken vanwege zijn optreden tegen mij in de blokhut. Ik denk niet dat het de eerste keer was. Neem die actievoerders uit de stad. Ik denk dat Dennis die heeft ingehuurd om problemen te veroorzaken en de buurtbewoners de wind uit de zeilen te nemen. Het waren betaalde actievoerders die hij in zijn macht had. Ik dacht eerst dat ze niet echt bestonden, een truc van Batchelor om de buurtbewoners bang te maken. Maar Ranger beweerde dat hij niets van hen afwist. Hij was behoorlijk boos op die kerels.' Kat haalde even diep adem. 'En als de rechterhand van Batchelor had hij ervan af moeten weten. Dennis hield dus dingen voor Ranger verborgen. Dat moet Ranger ook te weten zijn gekomen. Iemand als hij ziet dat als verraad. Waarom moet hij zijn leven op het spel zetten voor

Dennis, als die hem niet alles vertelt? Hij voelt zich vast gebruikt. Hij zal zich wel afvragen waar Dennis Batchelors loyaliteit ligt. Als alles voorbij is wordt híj gearresteerd, niet Dennis. Ik heb het gevoel dat Ranger de rol van Batchelor niet geheim zal houden.'

Jace knikte. 'Hij gaat echt niet in zijn eentje opdraaien voor moord. Geen enkele baan is zóveel waard.'

Kat was het helemaal met hem eens. Ze keek uit het raampje van de helikopter toen de zon opkwam achter de bergen. Ze was blij dat ze de vallei – en alle problemen – achter zich kon laten.

Wat een weekend was dit geweest! Sterker nog, het was nog niet eens voorbij. Ironisch dat een weekend dat was bedoeld om er eens lekker tussenuit te gaan zo was geëindigd dat Kat zo snel mogelijk terug naar huis wilde.

23

Aan het eind van die zondagmorgen waren ze terug in Vancouver; het was bewolkt en grijs zoals zo vaak in Vancouver in december. Geen spectaculaire vergezichten, en ook de bergen waren verborgen achter een sluier van wolken en motregen. Soms was het heerlijk als het saai weer was. Vandaag voelde het heerlijk en vertrouwd. Kat zag hoe de regen langs de ramen sijpelde.

Kat, Jace en Gord zaten in het gebouw van *The Daily Beat* in het centrum van Vancouver. Toen de helikopter een paar uur geleden was geland, waren ze rechtstreeks naar Gords kantoor op de negenentwintigste verdieping gegaan met een fantastisch uitzicht op de haven. Kat had meer dan een dag niet geslapen, maar op dit moment was slapen het laatste waar ze aan dacht.

De krant was ter perse gegaan met het verhaal over de louche praktijken van Batchelor op de voorpagina, krap een uur nadat Burt, Ranger en uiteindelijk ook Dennis waren gearresteerd.

Kat leunde voorover om beter te kunnen kijken naar Gords computerscherm. De kop op de voorpagina sprak boekdelen:

Dennis Batchelor – milieuactivist en miljardair blijkt corrupt

'Ik had het zelf niet beter kunnen verwoorden.' Ze wilde net wegkijken toen ze het onderschrift zag. Ze schrok bij het zien van haar naam. 'Maar waarom staat mijn naam daar? Ik dacht dat we als anonieme bron zouden worden vermeld.'

'Daar had ik geen goed gevoel bij. Tenslotte is het jouw verhaal. Jij hebt het bedrog ontdekt, dus moet mij geen lof worden toegezwaaid. Ik heb alleen de eindredactie gedaan.'

Kat trok haar gezicht in een grimas. 'Nu weet iedereen wat ik gedaan heb.'

'Mensen hebben alleen maar belangstelling voor de boeven in het verhaal, niet voor jou.' Gord glimlachte. 'Hoewel mijn baas best met jou wil babbelen. Hij zei dat je gastcolumnist zou kunnen worden.'

Ze hoorde Jace kreunen.

'Ik zal erover nadenken.' Kat vond het niet leuk om in het middelpunt van de belangstelling te staan en hoewel het baantje haar wel intrigerend leek, had ze haar portie opwinding al voor een heel jaar opgebruikt. Nu ze bijna was opgeblazen en heel onverwacht als onderzoeksjournalist had gefungeerd, was ze haar dagbaan als forensisch accountant en fraudeonderzoeker weer gaan waarderen.

En zij en oom Harry hadden genoeg werk – maar pas na de kerst.

Gord scrolde naar een tweede verhaal op het midden van de pagina. Dat ging over lobbyen en corruptie bij de overheid met net genoeg sappige details om tot een openbaar onderzoek te leiden naar Batchelors zakelijke handel en wandel in het geval van de mijn. Iedereen zou het er morgen vast over hebben. Het bevestigde alleen maar meer het wantrouwen bij het grote publiek ten aanzien van corruptie in de politiek. Nu waren er harde bewijzen.

'Er komt een diepgaand onderzoek naar de wijze waarop de verkiezingscampagne van George MacAlister wordt gefinancierd,' zei Gord. MacAlister was voorlopig uit zijn functie ontheven omdat de regering onmiddellijk maatregelen had genomen nadat Gord ze had ingelicht. Mogelijk zouden zowel hij als Dennis Batchelor worden aangeklaagd wegens corruptie.

'Waar heb je de tijd vandaan gehaald om dat tweede artikel te schrijven?' vroeg Kat.

'Toen we naar Paradise Peaks vlogen met de helikopter. Je had de meeste details toch al geleverd. Ik heb gewoon de financiële bijdragen voor de vorige verkiezingscampagne erbij gezet.'

'Dennis heeft in zijn eentje bijna die hele vorige campagne gefinancierd, zodat hij en George samen konden profiteren van geheime transacties bij de aan- en verkoop van land,' zei Jace hoofdschuddend.

Gord knikte. 'MacAlisters geheime aandeel in het eigendom van de mijn is nu ook onthuld. Dat hij zijn ambt moet neerleggen is niet datgene waarover hij zich het meest zorgen moet maken. Afgezien van de overduidelijke belangenverstrengeling zal hij worden vervolgd voor een zogenaamde milieuramp.'

'Maar er is nooit iets aan de hand geweest met het drinkwater,' zei Jace.

'Ja, des te erger. Hij heeft bewust de mensen die bij Prospectors Creek wonen misleid. Het Openbaar Ministerie zal zich gaan buigen over hoe de aanklacht precies zal luiden. Wat daar ook uitkomt, er staan zware straffen op het vervalsen van milieueffectrapporten.' Gord legde zijn handen in zijn nek. 'Zijn hebzucht heeft het publiek in gevaar gebracht en ook het milieu.'

'Nu we het toch over het milieu hebben, wat vind je van Dennis' vredesaanbod?' Kat verbaasde zich over de snelheid waarmee Batchelor had gereageerd op de slechte publiciteit rond zijn persoon. In een wanhopige poging om weer in de gunst van het publiek te komen had hij aangekondigd dat hij van plan was om de locatie van de Regal Gold Mine, als die eenmaal gesaneerd was, te bestemmen voor gebruik als openbaar park. Hij had ook al een naam gekozen. Kat was niet zo gecharmeerd van de naam – Great Bear Park – maar bij het grote publiek leek die wel in de smaak te vallen. In ieder geval hadden de marketeers van Batchelor iets bedacht wat de mensen op prijs stelden.

'Het is niet meer dan een nauwelijks verholen poging om zich min of meer vrij te kopen,' zei Gord. 'Ik weet niet eens zeker of hij die belofte wel na kan komen. Lotus Investments wil de mijn misschien wel terug. Tenslotte was de verkooptransactie gebaseerd op valse informatie.'

Kat voelde zich opeens totaal uitgeput. Had ze écht maar een dag kunnen doorbrengen in de luxe en zorgeloze wereld van Dennis Batchelor. 'Ik ben bekaf. Ik doe vandaag niets meer.' Ze zou alleen nog oom Harry bellen om hem bij te praten.

'Jij hebt makkelijk praten.' Jace zuchtte. 'Ik moet nog de hele dag werken. Ik moet het concept van de biografie van Batchelor afmaken.'

Gord keek hem ongelovig aan. 'Je gaat toch niet als ghostwriter alsnog zijn biografie schrijven?'

'Natuurlijk wel. Ik heb me er contractueel op vastgelegd. Ik krijg honderdduizend dollar als ik klaar ben met de biografie. En ik ben van plan het geld te incasseren dat hij mij schuldig is.'

'Hij gaat je nooit betalen,' zei Gord. 'Zeker niet nu hij van zijn voetstuk is gevallen.'

'Hij móet me betalen als ik mijn deel van de afspraak ben nagekomen. Mijn contract als ghostwriter stelt alleen als eis aan mij dat ik een biografie moet afleveren,' zei Jace. 'Waarschijnlijk wordt die nooit gepubliceerd in het licht van alles wat er is gebeurd, maar dat vind ik best. Het kan me niet schelen wat hij ermee doet, zolang hij maar betaalt. En dat is hem geraden ook, tenzij hij nóg een rechtszaak aan zijn broek wil hebben.

Jace gedroeg zich opvallend nonchalant, vond Kat. 'En jij dacht dat je nooit een boek zou schrijven.'

'Er komt zelfs een tweede boek,' zei hij triomfantelijk. 'Dat wordt een ongeautoriseerde biografie, waarin Batchelors onfrisse praktijken en zijn corruptie aan de kaak worden gesteld. Een stuk sappiger dan de versie van de ghostwriter.'

'Dat boek gaat zeker goed verkopen,' zei Gord. 'De mensen willen graag zijn geheimen onthuld zien.'

En geheimen, daar had Batchelor er heel veel van.

'Ik hoop dat Dennis ook de gevangenis in moet,' zei Kat. 'Volgens mij is hij indirect verantwoordelijk voor de dood van Fritz en Elke Kimmel.'

Als Batchelor zijn zin had gekregen en al het omringende land had verworven, had hij de mijn zogenaamd kunnen laten saneren en was hij de grote man geweest. Een nieuw milieurapport zou dan aantonen dat de mijnlocatie en Prospectors Creek weer helemaal schoon waren.

Hoe tragisch dat de Kimmels niet hadden mogen meemaken dat ze hun strijd hadden gewonnen... Die overwinning hadden ze met hun leven moeten bekopen.

Gezien de laatste ontwikkelingen was het niet waarschijnlijk dat de nieuwe weg die Batchelor had willen laten aanleggen er zou komen. Waarschijnlijk zou Paradise Peaks blijven zoals het was: een regio die moeilijk toegankelijk was. De enige verandering zou zijn dat de bestaande toegangsweg opgeknapt zou worden, maar de ongerepte wildernis zou niet worden aangetast.

Alles zou weer worden zoals het vijf jaar eerder was geweest, voordat Batchelor met zijn plannen was gekomen. Soms was het beste wat er kon gebeuren dat er niets veranderde.

Ed Levine had gelijk toen hij zei dat milieuactivisme een woord voor stadsmensen was. Woorden betekenden niets als ze geen inhoud hadden, bedacht Kat. Als je deed wat goed was voor het milieu, dan hoefde je daar namelijk geen woord voor te bedenken. Dan vestigde je daar niet de aandacht op. Als milieu iets werd waar je over moest bloggen, als je iets moest kopen of je ergens op moest abonneren, dan raakte de waarheid ondergesneeuwd.

Kat staarde naar het regenachtige uitzicht. In Paradise Peaks had veel sneeuw gelegen, maar ze was er zeker niet in kerststemming gekomen. Die stemming voelde ze nu pas opkomen. Ze draaide zich om naar Jace. 'Weet je, ik heb niet echt dat weekendje weg gekregen dat je me had beloofd. Na het hele weekend te hebben gewerkt, heb ik behoefte aan rust.'

'Ergens waar het leuk en rustig is?' Gords gezicht verraadde geen emotie. 'Ik zou je naar Luxemburg kunnen sturen. Ik heb gehoord dat er daar een paar financiële transacties moeten worden onderzocht.'

'Ik geloof dat ik pas.' Kat lachte. 'Ik krijg steeds meer zin om gewoon thuis te blijven.'

Er lag sneeuw op de toppen van het noordelijk kustgebergte aan de overkant van de haven en plotseling voelde ze de kerstsfeer. Niet dat Kat sneeuw nodig had om in vakantiestemming te komen. Ze had er geen stadswoorden voor nodig... of überhaupt woorden.

Net als Ed Lavine hoefde zij er geen woorden op te plakken. Ze zou er gewoon van genieten.

Vond u ENGEL DES DOODS spannend en wilt u verder lezen? Koop dan nu Jong Gehekst is oud Gedaan

Wil je op de hoogte gehouden worden van haar nieuwste boeken, schrijf je dan in voor haar nieuwsbrief!
http://eepurl.com/cojsL

www.colleencross.com

NAWOORD VAN DE AUTEUR

Groene schijn speelt zich af in de prachtige natuur van het zuidoosten van de Canadese provincie Brits Columbia, een stukje ten westen van de Rocky Mountains. Paradise Peaks en Sinclair Junction liggen in het Selkirkgebergte. Het land is adembenemend mooi, maar kan ook genadeloos zijn als Moeder Natuur haar macht toont.

Lawines, rotsverschuivingen maar ook economische rampspoed liggen er altijd op de loer. Dit gebied heeft vaak een opeenvolging van economische voor en tegenspoed meegemaakt, wat wordt aangetoond door de vele spookstadjes die her en der verspreid liggen in het landschap. Er zijn er veel meer die volledig van de aardbodem zijn verdwenen, maar de pioniersgeest van de vroegere bewoners leeft voort in de mensen die nu in het gebied wonen.

Hoewel Paradise Peaks en Sinclair Junction stadjes zijn die niet echt bestaan, zijn ze een soort composietopname van de dorpen en stadjes waar de mensen wonen die nu een karig bestaan leiden op basis van kleine industrie en natuurtoerisme. Zoals u zich kunt voorstellen, zijn deze twee componenten niet altijd goed op elkaar afgestemd. Dat leidt tot een ongemakkelijk bestaan van buren met verschillende agenda's naast elkaar, en soms tot confrontaties en controverses.

De mensen die in deze plaatsjes wonen zijn bijzonder. Ze zijn taai en veerkrachtig en weten dat dingen van het ene op het andere moment kunnen veranderen. Of dat nu betrekking heeft op de opkomst en het weer verdwijnen van de goudkoorts, een wijziging in het traject van een spoorlijn die tot economische rampspoed leidt of een aardverschuiving die een stadje in een paar ogenblikken in puin legt: ze hebben rampen meegemaakt en weten dat niets eeuwig blijft bestaan. Ze overleven op basis van verstand, noodplannen en een heilig respect voor de natuur.

Of het nu gaat om de negentiende-eeuwse of de huidige bewoners, het zijn mensen die mij inspireren.

Zoals Joni Mitchell het verwoordt in haar liedje *Big Yellow Taxi*: "Je weet gewoon niet wat je hebt tot het er niet meer is". Je kunt het paradijs dat je hebt niet mooier maken, maar je kunt vooruitgang ook niet helemaal tegenhouden. Het vinden van een balans vereist dat je naar iedereen luistert, niet alleen naar degenen die het hardst schreeuwen of de meeste macht hebben.

Het zijn de meer bedaarde stemmen waar ik naar op zoek was toen ik dit boek schreef. Die stemmen klinken misschien niet zo luid, maar die mensen wordt nooit het zwijgen opgelegd. Ze hebben respect voor het delicate evenwicht in de natuur en voorzien in hun bestaan zonder dat evenwicht te verstoren.

Laten we naar hen luisteren.

Beste lezer, ik hoop dat je genoten hebt van Groene Schijn, het vierde boek in de thrillerreeks met fraudeonderzoeker Katerina Carter in de hoofdrol. De andere twee kortere verhalen over Kat zijn verschenen in de eboekserie 'Kleur van geld'.

OOK VAN COLLEEN CROSS

De Heksen van Westwick
Jong Gehekst is oud Gedaan
Een goede spreuk is het halve werk

Katerina Carter juridische thrillers
Nooduitgang
Met gelijke munt
Engel des doods
Groene schijn
In het rood
Blauwe Maandag

Wil je op de hoogte gehouden worden van Colleens nieuwste boeken,
schrijf je dan in voor haar nieuwsbrief!
http://eepurl.com/cojsL

www.colleencross.com

OVER DE AUTEUR

Colleen Cross is de auteur van de bestselling juridische thriller-serie rond Katerina Carter en de daarvan afgeleide serie de Kleur van Geld, ook met Katerina Carter in de hoofdrol. Haar twee populaire thriller/detectiveseries hebben dezelfde hoofdpersoon. Katerina Carter is een slimme forensisch accountant en fraude-onderzoekster die zich geen appels voor citroenen laat verkopen.

Ze doet altijd het juiste, al schrikken mensen nogal eens van haar onorthodoxe methoden.

Colleen Cross is bovendien accountant en fraude-expert en schrijft waargebeurde misdaadverhalen. In Anatomy of a Ponzi: Scams Past and Present bijvoorbeeld ontmaskert ze de grootste Ponzifraudeurs aller tijden en hoe ze ermee wegkwamen. Ze voorspelt bovendien precies het moment en de plek waarop de grootste Ponzifraude ooit aan het licht zal komen en de aanwijzingen waar men op moet letten.

Colleen Cross is ook actief op social media.

Facebook: www.facebook.com/colleenxcross

Twitter: @colleenxcross

Je kunt haar ook vinden op Goodreads.com.

Bezoek voor het laatste nieuws over Colleens boeken haar website: www.colleencross.com

Wil je op de hoogte gehouden worden van haar nieuwste boeken, schrijf je dan in voor haar nieuwsbrief!

http://eepurl.com/cojsL